KB105692

나로서 충분히
괜찮은 사람

나로서 충분히
괜찮은 사람

김재식 에세이

북로망스

나만 아는
나의 길을 찾아서

어릴 적 나는 지도를 펴고 지금 내가 있는 곳이 지구의 어디쯤이며 내가 아는 곳은 얼마나 되며 가보고 싶은 곳은 어디인지 내가 있는 곳으로부터 거리는 얼마나 되는지를 가늠하며 시간을 보내곤 했다.

학교를 마치고 집으로 돌아가는 길 역시 나에게는 작은 탐험이었다. 처음에는 부모님이 알려준 길로 다니다가 그 길에 익숙해지면 그 사이에 있는 샛길은 어떤 모습인지 궁금해졌다. 그렇게 낯선 길로 들어섰다가 막다른 골목을 만나기도 하고 길을 잃어버리곤 해서 부모

님을 걱정시켰다.

그럴 때마다 나는 어떤 길로 들어서서 무엇을 보고 어떻게 집을 찾아왔는지 자세하게 말했다. 그러면 어머니는 왜 엉뚱한 길로 다니냐며 큰길로 다녀야 안전하다고 타이르셨다. 그때 나는 모르는 길로 가도 집에 갈 수 없는 건 아니라는 사실을 알게 되었다.

집으로 향하는 길이 어른들이 알려준 길만 있는 게 아니라는 것은 큰 깨달음이었다.

어떤 길은 으슥하지만 더 빠르게 갈 수 있고, 어떤 길은 조금 멀리 돌아가지만 계절마다 그 시기에만 볼 수 있는 꽃 향기에 흠뻑 젖을 수 있고, 또 어떤 길은 친구들과 함께할 수 있었다.

나만 아는 특별한 길을 찾아 헤맸던 시간들이 나에게 오히려 안정을 주었다. 좀 더 크고 나서도 남들이 다니는 길에서 벗어나 낯선 곳에 들어서는 것을 즐겼다.

그래서일까. 내 삶도 어느 한곳에 정착하지 못하고 마치 물 위에 부유하는 기름처럼 떠다니는 듯했다. 때론 바보 같다는 생각도 들고, 왜 큰길을 따라 흘러가지 않고 혼자 곁길로 새서 이 고생을 하고 있는가 고민할 때도 있었다. 삶은 안정적이지 않았으며 거센 파도 위에서 살아남기 위해 아슬하게 중심을 잡아야 하는 고된 날이 많았다.

하지만 즐거웠다. 나아가지 않고 흐르는 대로 사는 것은 겉으로는 평온해 보일지 몰라도 그 의미를 다했다고 생각했다.

그렇게 격변하는 파고의 시기를 지나
인생의 어디쯤에 잠시 멈춰 서서 나를 돌아보고 있다.

"괜찮아?"라는 말을 건네기도 전에
내 안의 나는 괜찮다며 나를 다독였다.

다만 다시 바다로 나가기 전 정비의 시간이 필요할 뿐이라고. 그동안 참아왔던 숨은 거칠게 파도를 몰아 저 멀리로 밀어냈다.

그리고 모질게만 대했던 내 안의 내가 나에게 말했다.

"넌 충분히 괜찮은 사람이야."

2022년 봄,
어느 작은 섬에서
김재식

•제1장•
기대해도 돼, 기대어도 돼

기대해도 돼,
기대어도 돼

누군가는 내게 기대어
편히 쉴 수 있도록.

기대해도 된다고,
기대어도 된다고 말해주고 싶다.

나에게 좋은 사람이
좋은 사람이야

멀리해야 하는 사람.

가까이 해야 하는 사람.

만나서는 안 되는 사람.

꼭 만나야만 하는 사람.

나쁜 사람,

좋은 사람.

난 어디에 해당되는 사람인가.

누군가에겐

이롭지 않은 사람일 수도 있고

또 누군가에게는

이로운 사람일 수도 있다.

사람을 정의한다는 건

어쩌면 소모적인 일이다.

언제나 나에게 좋은 사람이

좋은 사람이니까.

새벽에 깨어 있는
누군가에게

새벽의 차가운 공기에 취해 방황하기보다
따뜻한 이불 속에서 내일을 꿈꾸기를

멍한 눈으로 뜨거워진 햇살 아래 눈살 찌푸리기보다
희망차게 떠오르는 아침 햇살과 마주할 수 있기를

끼니를 대충 때우고 무엇을 할지 몰라 방황하기보다
사람들과 어울려 해야 할 일들을 웃으며 해내기를

아무것도 한 일 없이

다시 쌩쌩한 밤을 맞기보다

잠깐이라도 걸으며

나에게 집중하는 시간을 갖기를

하루의 가치는 아침에 시작되는 게 아니라

하루를 어떻게 마감했느냐에 따라 달라지기에

이유 없이 너무 자주 새벽에 젖지 않기를

편안한 밤을 맞이할 수 있기를

어렵게 얻은 것들은
오래 남아

목적지에 빨리 도달하기만 하면
최선의 결과가 나오는 걸까.

원하는 것을 얻기까지의 과정을 잘 견뎌내야만
비로소 가치가 생기는 거야.

고통 없이 상처 없이
노력하지 않고 얻은 것들은
금방 사라지지.

너무 쉽게 얻고 나면

가치도 소중함도 느낄 수 없는 거야.

세상의 많은 일들이 그래.

빨리 간다고 해서 이기는 것 같아도

너무나 많은 것들을 놓치고 있는 거야.

그러니 걸음이 조금 느리다고 해서

포기하거나 그 자리에 멈춰 서지는 마.

꾸준히 그 길을 걸어봐.

어렵게 얻은 것들은

오래 남으니까.

나로서 충분히
괜찮은 사람

내 마음의 소리에 귀 기울일 수 있고
나와 대화할 수 있으며
내가 원하는 것이 무엇인지
알고 있다면

그리고 그것들을 위한 작은 노력을 거듭하며
가치 있는 내 시간을
기꺼이 즐겁게 보낼 수 있다면

난 나에게 좋은 사람이 될 수 있어.

그렇게 스스로와 건강한 관계를 유지하고 있다면
그걸로 난 이미
소중한 사람이 되는 거야.

애써 타인에게 괜찮은 사람이 되려고
노력하지 않아도 돼.

나는 나로서
충분히 괜찮은 사람이니까.

목적지가
명확하지 않더라도

어디로 가야 하는지 명확하지 않더라도
가는 동안의 시간을 얼마든지 즐길 수 있다.

어디로 가야 하는지
어떻게 가야 하는지 모른다면
찾아보고 물어보면 된다.

그 과정은 고되고 힘들지만
내 눈에 아름다운 풍경을 발견한다면
그곳이 바로 치유의 안식처가 된다.

인생이란 그렇게
나와 내 안식처를 찾아가는 과정이다.

방황해도 괜찮다.
인생은 길다.
꼭 어딘가에 닿아야 하는 건 아니다.

살아 있다는 그 사실 하나만으로도
나는 충분히 눈부시게 아름답다.

세 가지 약속

신경 쓸 수 있을 만큼의 관계를 맺고
책임질 수 있을 만큼의 일들을 하며
감당할 수 있는 만큼의 욕심을 내기.

내 곁에 있는 사람

가끔 누군가의 학창 시절 이야기를 들을 때면 나는 그 시절에 누구와 어울렸는지를 자연스레 떠올리게 된다. 친구가 없었던 것은 아니지만 지금까지 연락하는 친구는 많지 않다. 그렇다고 친구를 만드는 데 노력이 없었던 것도 아니었다.

생각해보면 그 시절 나는 매일 아침 친구와 등교하기 위해 졸린 눈을 비비며 일찍 일어나 친구의 집 문을 두드렸다. 그제야 일어난 친구는 허둥지둥 준비했고 난 그 지루한 시간을 잘도 기다렸다. 하지만 내가 조금이라도 늦는 날이면 친구는 나를 기다려주지 않고 먼저 가버렸다. 그때는 깊이 생각하지 못했지만 이제 와 돌이켜보니 그 친구의 마음에 내가 조금이라도 있기는 했었을까 하는 쓸쓸한 생각이 든다.

일방적으로 한쪽에서만 노력하는 관계란 형성되기도 어려울뿐더러 겨우 이어진다 해도 한쪽에서 억지로 잡고 있던 손을 놔버리면 그냥 그렇게 멀어지고 만다. 그래서일까. 자라오면서도 누군가와의 관계를 만들어가는 데는 열성적이었지만 그 끝에는 아무도 남아 있지 않았다.

이제는 안다. 한때의 인연에 미련을 버리지 못하는 것은 말 그대로 미련한 일이다. 어차피 살면서 같은 시기를 공유하는 사람들은 돌고 돌기 마련이다.

그 끝을 붙잡고 이어가려고 노력한다고 해서 이어지는 것도 아니고 억지로 끊으려 해도 끊어지지 않는 관계도 있다. 결국엔 중요한 것은 그 중심에 있는 '나'라는 사람이다.

나를 중심으로 지구가 돌지는 않지만
모든 관계의 중심에는 각자의 내가 있다.

사람들은 잠시 내게 왔다가 사라진다.
나를 스쳐가는 그 모습에 의미를 두며 살기보다
그저 내 시간을 그때의 나와 함께 잘 살아가면 된다.

오래된 옛 친구가 곁에 없다고
인생을 헛살고 있는 게 아니다.

그를 대신해 지금의 내 곁에 있는 사람들이
더 소중함을 알아야 한다.

욕심의 문제

욕심이 커질수록
생각은 많아진다.

망설일수록 두려움은 커지고
그것들이 마음의 발목을 잡아
나를 움직일 수 없게 만든다.

결국 나를 옭아맨 것은
일어나지도 않은 미래에 대한 걱정이 아니라
감당할 수 없는 욕심이었다.

감당할 수 있을 만큼의 보폭으로만 움직이면

잘못될 일도 없고

무슨 일이 일어난다고 해도

쉽게 해결할 수 있을 만큼 사소하다.

단기간에 많은 것을 얻으려고 하면

생각이 많아 주저할 수 밖에 없다.

한 번에 책임질 수 없는 일을

과하게 벌이지만 않는다면

무엇을 해도 괜찮다.

나의
안식처

어디에도 기댈 곳 없지만 매서운 파도와 비바람에도 사라지지 않고 온전히 자리를 지키고 있는 섬. 그런 섬을 보면서 누구에게도 방해받지 않고 내가 좋아하는 일을 하고 싶다는 생각이 들었다. 내가 소중하다고 생각하는 것에만 가치를 두고 행복을 느끼며 조용한 무인도에 살면 좋겠다는 꿈을 꾸었다. 하지만 비현실적인 계획이라는 생각에 섬과 비슷한 곳이나 바다를 곁에 두고 있지만 한적한 곳을 찾아다녔다. 그렇게 이곳저곳 다닐수록 내가 어디에 머물러야 하는지가 분명해졌다.

시골의 작은 마을에 살고 싶다는 이상적인 마음은

나를 고려하지 않은 욕심이라는 걸 알게 되었다. 해가 지면 아무것도 보이지 않아 보안을 장담할 수 없는 집에 혼자 있을 자신이 없었다. 낯선 곳에 머물 때도 도시 외곽보다는 대형 쇼핑몰 근처에 살아야 마음이 편했다. 자연을 좋아하지만 도시에 있을 때 더 안정을 느꼈다.

엉뚱하게도 결론은, 바다가 보이는 한적한 도시에 사는 게 나와 가장 잘 맞는다는 것이었다.

그렇게 살아오는 동안의 여행은 단순히 마음을 환기시키는 일시적인 행위이기도 했지만 그 이면에는 어떤 곳에 있을 때 행복할 수 있는지에 대한 고민과 검증의 시간이 있었다.

그리고 마침내 나의 안식처를 찾았다.

바다에서 멀지도 가깝지도 않게
홀로 떨어져 있는 섬.

들어오기로 마음을 먹기는 어렵지만

일단 들어오면

다시 나갈 마음을 먹는 게 더 어렵다는 섬.

그곳에 산다.

그렇게 나와 관계된 많은 것들과 거리를 두면서 모든

것이 편안해졌다. 그리고 더 이상 방황하지 않는다.

외로워 보이는 섬은 결코 외롭지 않음을,

오롯이 혼자가 될 때 행복할 수 있음을.

이제는 안다.

작은 행복

십 년 전, 여행지에서 마음에 드는 옷을 보고 문득 떠오르는 친구가 있어 두 벌을 산 뒤 친구에게 한 벌 선물했다. 오랜만에 내 선물을 받은 친구는 웬일이냐며 멋쩍어했고, 나와 같은 옷이라는 말에 같은 날 입고 나오면 안 되겠다며 너스레를 떨었다.

친구와 나는 다행히도 같은 날 같은 옷을 입고 만나지 않았지만, 친구는 내가 선물한 옷을 즐겨 입었다. 이제는 자주 볼 수는 없게 된 친구를 오랜만에 만났다. 그는 반가운 얼굴로 인사를 건네더니 갑자기 자기 옷을 가리키며 말했다.

"이거 네가 사준 옷이야. 아직도 잘 입는다."

"어? 십 년은 된 거 같은데 아직도 입네."

"응, 편하더라고. 그래서 자주 입어. 오늘은 너 만날 줄 모르고 입고 나왔네."

우린 조용히 웃었고 내 마음은 작은 촛불이 켜진 듯 따뜻해졌다. 친구가 내 마음을 알아주는 것 같아서. 내가 선물한 옷이 퍽 마음에 든 것 같아서.

우리는 서로의 마음을 알았다.

행복이 이렇게 쉬운 일이었나. 어쩌면 우리는 로또라도 당첨돼야 행복할 수 있다고 생각했던 건 아닐까. 인생에 한 번 올까 말까 한 커다란 행복만을 행복이라고 생각했던 건 아닐까.

의식하지 않을 뿐이지, 이런 잔잔한 기분 좋은 일들이 우리가 삶을 살 수 있도록 만들어주고 있었다.

눈치채지 못한 행복이 나를 스쳐가지 않도록,
작은 행복들을 하나씩 발견하고 싶다.

기대해도 돼,
기대어도 돼

기대에
기댈수록 무너진다.

누군가에게 기댈 수 있을 거라는
작은 기대는
항상 상처를 남긴다.

하지만 그런 경험들을 통해
기대지 않고도 홀로 서는 법을
깨달을 수 있는 건 아닐까.

누군가는 나에게 기대어
편히 쉴 수 있도록.

기대해도 된다고,
기대어도 된다고
말해주고 싶다.

머무르다가
흘러가는 것

창밖의 하늘을 보다가 문득 생각했다.

나는 늘 같은 곳에 있지만
내가 보는 찰나의 하늘은
다시는 볼 수 없는
풍광을 보여주고 있다는 것을.

세상도 그렇게 정지해 있는 듯
변하지 않고 머물러 있는 것처럼 보이지만

한 순간의 하늘은

머무르다가 결국 흘러가는 것.

그 모습을 어떻게 바라보고 생각하느냐에 따라

같은 시간을 같은 곳에서 보내면서도

다른 경험과 다른 기억을 갖게 된다.

그리고 그것이

다른 삶을 살게 만든다.

원하는 대로
되는 날이 올 거야

서둘러 나온 날에는

버스도 서둘러 오고

늦게 나온 날에는

버스도 늦게 온다.

누군가 보고 싶은 날에는

연락할 사람이 없고

다른 누군가를 만나고 있을 때

보고 싶은 사람에게 연락이 온다.

돈이 있을 때는 시간이 없고
시간이 있을 때는 돈이 없다.

하지만 당황하지 않아도 된다.

세상 일이 그렇듯
꼭 그렇게만 되라는 법은 없다.

원하는 대로 되지 않는 날 뒤에는
원하는 대로 되는 날이 오니까.

원하는 대로 되지 않는 날 뒤에는

원하는 대로 되는 날이 오니까.

목표의 우선순위

어떤 일을 계획할 때는

단기간의 성과 목표보다

내가 꾸준히 할 수 있을 만큼만의

기준을 정하는 게 좋다.

눈앞의 결과보다 중요한 건

내가 약속한 일을

지속적으로 지킬 수 있느냐 하는 문제다.

목표에 점점 가까워질수록

우선이 되어야 하는 건

얼마만큼의 수치를 달성했느냐보다

내가 지치지 않고 할 수 있느냐의 문제다.

너무 무리하게 마음만 앞서기보다

지금의 내 호흡을 알고

그에 맞추어 가야 한다.

힘들어 주저앉는 것보다

천천히 조금씩 걷는 게 낫다.

나를 위한
가장 쉬운 선물

반복적으로 하는 행동 중에
진짜 내게 좋은 습관이 무엇인지 생각해봐.

나쁜 습관을 고치는 것은 어렵지만
좋은 습관을 하나쯤은 가지려고 노력해야 해.

내 삶에 좋은 습관 하나가 있으면
살아가면서 알게 모르게
좋은 기운을 불러와 기쁨을 주거든.

좋은 습관은 그만큼의 가치를 지녀.

내가 원하고 옳다고 생각하는
좋은 습관을 한 가지를 떠올려보고
그 파이를 조금씩 늘려가 봐.

의미 있는 삶을 살고 있다 생각이 들 때쯤,
낯설지만 반가운 나를
만나게 될지도 몰라.

사소한 깨달음

　무엇을 싫어하는 마음을 바꾸는 데 가장 어려운 이유 중 하나는 '그냥'이다. 그냥 싫은 것. 싫어하는 데에 이유가 없지 않겠지만 그냥 그 이유들을 마주하고 싶지 않은 마음이다.

　한번은 어두운 골목길을 지나다 소리 없이 나타난 고양이에 화들짝 놀란 적이 있었다. 한껏 예민해진 고양이를 본 후로는 고양이를 만나는 것만으로도 불편한 마음이 들었다. 그래서인지 고양이를 키우는 친구들을 이해할 수 없었다.

　고양이는 사람이 만지는 것도 싫어하고 혼자 있는 걸 좋아해서 다정함이라곤 찾기 어려운 동물이 아닌가.

그런 존재에게 어떻게 넘치는 관심을 쏟고 애정을 줄 수 있는지 이해하기 어려웠다.

그러다 우연한 계기로 고양이와 함께 살게 되면서 내 생각들이 모두 편견이었다는 사실을 알게 됐다. 고양이를 이해하기까지 시간이 좀 걸리기는 했지만, 고양이도 강아지와 크게 다르지 않았다.

내가 이름을 부르면 야옹 하고 대답하고, 나가고 들어올 때 현관 앞에 마중을 나오기도 하며, 늘 약간의 거리를 두지만 언제나 내 곁을 맴도는 모습에 다정함을 느꼈다.

자기만의 루틴이 정확해서 항상 정해진 시간에 일어나 활동하는 모습과 무엇을 얻고자 할 때 망설임 없이 즉시 움직이는 모습에 내가 삶을 대하는 태도까지 돌아보게 했다.

무엇보다 사람들은 얼굴에 물만 대충 묻히는 것을 고양이 세수라고 하지만 실제로 고양이는 틈만 나면 자기를 단정하게 정돈하는데, 대충 씻는 행위를 왜 고양이 세수라고 하는지 이해할 수 없었다.

그리고 존재만으로 위안을 줄 수 있는 존재가 내 곁에 있다는, 귀한 사실을 알게 됐다.

우리는 멀리서 보고 들은 것만으로 어떤 대상을 단편적으로 정의하기도 한다. 하지만 가까이서 자세히 보지 않으면 모호한 부정적 마음들이 얼마나 많은 진실을 가리고 있는지, 충분히 가까이할 수 있는 작은 행복들과 단절되게 하는지 알 수 없다.

내 작은 경험에서 비롯된 이 사소한 깨달음은 나를 이전과는 다른 삶을 살게 만들었다.
귀여운 고양이 한 마리가 나에게 알려준 것은, 세상 모든 것을 자세히 살펴보라는 지혜였다.

그때 그 정성으로

보고 싶은 사람이 생각나는 이유는
그 사람을 생각하는 것만으로도
지금의 내 삶에 힘이 되기 때문이야.

당장 그 사람을 만날 수 없어도
내 안에 간직해온 좋았던 순간들이
서늘해진 마음을 따뜻하게 어루만져
계속해서 살아갈 기운을 주니까.

함께했던 그날의 정성을
살면서 조금씩 꺼내어보며
나를 달래는 거야.

눈앞에 보이지 않아도,

그 정성을 가끔 떠올리는 것만으로도,

살아갈 용기가 생겨.

그렇게 삶은 끊이지 않고

이어지는 거야.

보고 싶은 사람으로,

그때 그 정성으로.

떠나고 나서야
알게 된 것들

　이렇다 할 SNS도 하지 않고, 뉴스도 챙겨 보지 않는 친구와 대화를 나눌 때면 답답한 마음이 들었다. 대화의 접점을 찾지 못해서가 아니라, 세상이 이렇게나 빨리 흘러가고 있는데 참 꽉 막힌 채로 산다는 내 쓸데없는 감정의 오지랖이었다. 나는 그럴 때마다 친구에게 세상이 어떻게 돌아가는지 관심 좀 가지라며 핀잔을 주곤 했다.

　친구는 세상 돌아가는 일에 관심을 쏟을 만큼 여유롭지 않고, 몰라도 되는 일에 신경 쓰며 사는 것만큼 피곤한 일도 없다고 했다. 나는 그런 친구를 한심하게 바라보며 그렇게 살면 시대에 뒤떨어져 살게 된다고 걱정했다.

어느 날 나는 삶이 너무 고달파 모든 것을 뒤로하고 아는 이가 아무도 없는 타국으로 훌쩍 떠났다. 그렇게 떠나고 나서야 무엇이 나를 힘들게 하는지 알게 됐다.

문득 한국의 소식을 알고 싶어 휴대폰을 열어본 날에는 괜히 혼자 화가 나서 종일 짜증을 냈다.

처음에는 내가 왜 이렇게 화가 나는지 궁금했는데, 점차 내가 분노하는 이유보다도 이런 부정적 감정들이 나에게 전혀 도움이 안 된다는 사실을 깨달았다.

그 이후로도 이해할 수 없는 일들이 이어졌다. 나는 분명히 사람들을 친절하게 대했는데 오히려 나에게 왜 이렇게 흥분하냐고 묻는 사람들이 있는가 하면, 내가 웃으며 차분히 말을 건네도 받아들이는 입장에서는 전혀 그렇게 들리지 않는다는 이야기를 듣기도 했다. 나로서는 이해가 안 되는 상황이었다. 뭔가 단단히 잘못된 게 있고, 그 원인이 나에게 있는 것 같은데 내가 조금도 자각할 수 없으니 당황스러웠다.

꽤나 오랜 시간이 지난 후에야 나와 크게 상관없는 세상의 이야기에 귀를 기울일수록 좋지 않은 감정들이 내 안에 쌓여 화가 난 모습으로 변한다는 것을 알아차렸다.

언젠가부터 페이스북에 글을 남기지 않는다. 남의 소식을 들여다보는 일도 하지 않는다. 그러자 가까운 지인들이 먼저 안부를 물어왔다. 요란스럽던 포스팅이 한동안 멈췄으니 혹시 무슨 일이 있나 싶었다고.

그 뒤론 마음이 조금 편해졌다.

몰라도 되는 일들에 굳이 마음을 쓰고 신경을 곤두세우며 쓸데없는 걱정을 하지 않게 되었으니 말이다.

그리고 사람들이 굳이 궁금하지 않을 내 삶의 단편들을 보여주는 데 신경을 쓰느라 시간을 뺏기지 않게 되었다.

그렇게 삶은 조용해지고 평온해졌다.

나를 힘들게만 하는 곳은
나를 위해 떠나는 게 좋다.

그게 현실의 공간이든
가상의 공간이든 말이다.

그때의 마음이
더 빛났다

간절히 원하면
그렇게 꿈꾸던 것들이
하나둘 현실이 되어 돌아온다.

한때는 아련했던 꿈들이지만
지금은 그때가 더 아름답게 느껴진다.

꿈을 꿀 수 있던 날들.

그때는 행복인 줄 몰랐지만

지나고 보니
무언가를 소망할 수 있었던
그때가 행복했다.

무엇이든 얻고 난 뒤의 마음보다
갈망하던 때의 마음이 더 풍요롭다.
그때의 마음이 더 빛났다.

그러니 늘 꿈을 꾸며
희망을 가지고 살아야 한다.

무언가를 이루었다고 해서
거기서 멈춘다면
삶은 무뎌지기 쉽다.

무엇이든 얻고 난 뒤의 마음보다

갈망하던 때의 마음이 더 풍요롭다

그때의   마음이   더   빛 났 다

나만의 속도로
걸어가

늘 생각이 많았던 나는 엉뚱한 상상을 즐기곤 했다. 가끔은 그런 상상들을 연습장에 낙서하듯 풀어내며 시간을 보냈다. 그때그때 내 생각을 기록하며 적어놓은 글을, 내가 보고도 진짜 멋진 글이라며 자아도취에 빠져 즐거워하기도 했다. 아마 그때의 나에겐 그게 삶의 가장 큰 낙이었나 보다.

그러다 우연히 주변 사람들이 내 글을 읽게 되었고, 그때부터 나는 다른 사람들이 내 글을 보고 어떻게 생각할지 걱정이 가득했다. 이건 이래서 아닌 것 같고 저건 저래서 아닌 것 같다고 누가 뭐라 말한 것도 아닌데 혼자만의 시간을 스스로 괴롭히면서 조금씩 글쓰기를 멈추게 되었다.

그런 내가 시간이 흘러 글을 다시 쓰게 되고, 책을 내게 되었다. 작가라는 직함이 생겼다. 작가라는 말은 여전히 어색하기만 하다. 어릴 때부터 가끔 시를 쓰고 그림을 그리며 살고 싶다는 생각은 했었지만 이렇게 현실이 될 줄은 몰랐다.

가끔 나에게 글을 쓰려면 어떻게 해야 하냐고 물어오는 사람들이 있는데 나는 아무 답을 해줄 수 없다. 나도 그 방법을 모르기 때문이다.

하지만 한 가지는 알고 있다. 내가 무엇을 하면서 살 때 행복할지에 대해 진지하게 고민하여 행동하고, 그게 당장의 업으로 이어지지 않아도 된다는 마음이 중요하다는 것을. 업이라는 건 당장 먹고사는 문제이기 때문에 결과가 눈에 보이지 않으면 현재의 삶을 정상적으로 지속할 수 없기 때문이다.

잠시 다른 일을 하면서도 어디로 가야 하는지만 알고 있다면 꾸준히 걸어야 한다.

시간이 갈수록 내가 어디로 가고 있는지도 모르겠고, 방향을 잃은 것 같은 마음이 들 수도 있다.

두려움과 불안함에 휩싸여 잠시 쉬어 가더라도,
주저앉지 말고 걸어야 한다.
조금씩 천천히.

남들이 어떤 모습으로 얼마의 속도로 움직이든,
비교하지 말고 내 시간을 내 속도에 맞춰 걸으면 된다.

그렇게 걷다 보면 어느새 나만의 길이 나타난다.

자기만족

무엇이든 잘하려고만 하지 말고
설렁설렁 편하게, 느긋하게 즐겨봐.

어떤 게 나에게 꼭 맞는지도 모르면서
무작정 남들처럼 되려고 노력하지 말고

내가 좋아하는 것을
나만의 방식대로 즐기는 시간을 가지다 보면

어느 날엔 손을 놓고 거리를 두기도 하고
때로는 갑자기 홀린 듯 집중하기도 하면서
자기만족을 조금씩 알아가게 될 거야.

남들과 똑같이 흉내 낸다고 해서
나도 그들에게 인정받을 수 있는 건 아니야.

누구도 흉내 내지 못하는 나만의 것이 생겼을 때
사람들이 그 가치를 알아보고
나만의 경쟁력이 생기는 거야.

나라는 사람의 색은 단번에 만들어지지 않아.

꾸준히 그리고 천천히
하고 싶은 대로, 하고 싶은 만큼
하면 되는 거야.

안 될 거야
그게 쉽니

"안 될 거야."

"그게 쉽니?"

"일단 그렇게 되고 나서 얘기해."

나를 향한 날카로운 충고가 들려올 때, 나는 그 말에 상처받기보다 나를 다독이는 약으로 삼을 수 있는 사람이 되고 싶다.

몸과 마음이 모두 지쳐서 작은 변화 하나가 절실했을 때, 나는 가장 먼저 예전의 몸 상태로 돌아가는 것을 목표로 삼았다. 더디더라도 조금씩 눈에 보이는 변화를 확인하고 나면, 다시 자신감을 회복할 수 있을 것 같았다.

십여 년간 야근과 철야를 반복하면서 내 몸은 망가질 대로 망가져 있었다. 한때는 많이 먹는데도 야위기만 했던 내가 어느새 살을 빼야만 할 정도로 몸이 불어나 있었다.

하지만 체중을 줄이고 건강한 몸으로 돌아간다는 건 말처럼 그리 쉽지 않은 일이었다. 애초부터 단기간에 목표를 달성하겠다는 생각도 하지 않았다. 오히려 무리한 계획은 나를 더 쉽게 좌절시켜 포기하게 만들 수 있다는 걸 잘 알고 있었다.

내가 경험한 나는 그렇게 독하지도 않았고, 무언가에 진득히 집중하지 못하고 산만했다. 그래서 일단 내가 할 수 있는 작은 것부터 시작했다.

첫 번째로 인스턴트 음료 끊기, 두 번째로 자차 대신 대중교통 이용하기, 마지막으로 매 끼니를 챙겨 먹되

양을 줄이기. 나는 곧바로 차를 팔았다.

그러면서 운동은 무리하지 않고 내가 하고 싶은 만큼만 했다. 처음부터 무리하게 되면 금방 포기할 것 같아서 나에게 스트레스를 주지 않을 정도로만 했다. 하지만 그 대신 매일 아주 조금이라도 꾸준히 해야 한다는 계획을 세웠다.

시간이 지나면서 조금씩 몸이 변하기 시작했다. 그러나 여전히 사람들은 이런 나를 보면서 핀잔을 주기 일쑤였다.

"어차피 요요가 올 거야."
"그렇게 밥을 먹으면서 무슨 살을 빼냐? 웃기지 말고 살던 대로 살아."

하지만 조금씩 변화되는 모습에 나는 느끼고 있었다. 몸의 변화가 불러오는 마음의 변화를. 스스로 조금씩 만족하면서 자신감이 생기니 그다음 목표가 생겼다.

힘들어서 포기하고 싶은 순간에는 사람들의 비아냥거림을 떠올렸다. '어차피 안 돼… 살 뺀다는 사람 중에 정말 뺀 사람을 본 적이 없어…' 그 말들을 곱씹으며 나를 다독였다.

반드시 그들에게 변화된 나를 꼭 보여주고 싶었다.

그렇게 1년이라는 시간이 지났다. 몸무게는 30킬로 그램이 줄어 있었고, 나는 이전의 몸을 되찾았다.

사람들은 물었다.

어떻게 살을 뺀 거냐고. 무슨 방법을 쓴 거냐고.

나는 답했다.

당신들이 나에게 한 말이 엄청난 도움이 되었다고, 포기하고 싶은 순간마다 당신들의 비아냥거림을 에너지 삼아 더 노력했다고 말이다.

그런데 놀랍게도, 아무도 자기가 그런 말을 했다는 사실을 기억하지 못했다.

남 이야기를 듣고 내 계획을 그만두는 것만큼

바보 같은 행동은 없다.

하지만 우리는 너무나 자주,

자신의 삶에서 다른 사람이 하는 말들을 곱씹으며

좌절하며 살고 있는 건 아닐까.

사람들의 말에는 아무런 힘이 없다.

진짜 힘은 내 마음의 변화에서부터 나온다.

행복을
멀리서 찾지 마

인생의 목표는
행복한 사람이 되는 데 있지 않다.

관념적인 행복의 정의보다
내가 어떤 사람으로 살아가야 하는가
무엇을 위해 살아가는가에 있다.

행복은 저 멀리에 있지 않다.
내 안에 있어 보이지 않을 뿐
아주 작은 울림에도 느낄 수 있다.

내가 좋아하고 원하는 일을 하며
나를 소중하게 생각하는 사람들과
함께 시간을 보내보자.

행복은 생각보다
아주 가까이에 있다.

미래의 발목을
잡는 것

가끔 과거의 어느 순간으로 돌아가고 싶을 때가 있다. 그럴 때면 지나가버린 일들에 대해 '만약'이라는 가정을 덧붙여 미련스러운 상상을 해본다.

그러다가 문득, 그때로 다시 돌아간다면 내가 더 잘할 수 있었을지도 모른다는 생각은 대단히 희망 섞인 착각이라는 것을 깨닫는다.

다시 돌아간다면 지금보다는 더 나은 모습이었을거라 늘 상상하지만 그건 언제까지나 지금에서의 기준이고, 오히려 더 잘못될 수도 있고 지금과 별반 다르지 않을 수도 있다.

지금의 내가 그때를 살고 있는 것이 아니라 변하지 않는 그때의 내가 과거에 있기 때문이다.

서글프고 의미 없는 욕심일 뿐이다.

그때의 경험들을 통해 내가 지금 이 자리에 있다. 설사 그때로 돌아가 지금과 다른 삶을 살 수 있다고 해도 난 아마 지금의 이 생각을 반복하게 될 것이다.

변하지 않을 그 사실을 인정하고
지금의 나를 받아들이고 살아야 한다.

미래의 발목을 잡는 것은
지나간 과거를 되돌려 붙잡고
지금을 보내고 있는 '나'다.

언제든 자유롭게
날아갈 수 있도록

잘 살고 있는 걸까…
문득 스스로에게 되뇌는 말.

힘겹게 살아낸 시간 속에서 나를 돌아본다.

지나온 길에 대한 후회는 없다.
어차피 내가 선택하여 지나온 시간이니까.

하지만 나는 앞으로 어떻게 살아야 하고,
또 어디로 가야 하는 걸까.

나는 이미 어떻게든 살고 있고
또 어떤 모습으로든 살아지겠지만
내가 왜 이렇게 머무르고 있는가에 대한 답은
욕심, 욕심 때문이다.

너무 많은 것들을 들고 있어
움직일 수 있지만 움직일 수 없고
할 수 있지만 할 수 없다.

내려놓지 못하는 가냘픈 욕심 때문에
감당할 수 없이 무거워진 내 마음은
내가 원하는 대로 움직이지 못하고
그렇게 멈추어 부유하고 있다.

지금보다 자유로이,
내가 상상한 모습으로 나아가려면
마음과 정신을 가볍게 만들어야 한다.
욕심을 내려놓아야 한다.

언제든 원하는 곳으로 날아갈 수 있도록,
누구의 손이라도 가볍게 잡을 수 있도록.

함께였다는 사실은
변하지 않아

우연히 만난 그는

날 잊기 위해 노력했다고,

그래서 더는 우리의 시간을 기억하지 않는다고 말했다.

그래, 괜찮다.

나도 우리의 시간을 모두 기억하지는 못하니까.

애써 생각하지 않고 되뇌지 않아 기억하지 않는 것과

반복적으로 꺼내어 곱씹어도 결국 잊히는 건 같아.

우리의 기억이 같을 수는 없으니까.

우리의 시간들이 하나도 생각나지 않는다고 해도

괜찮아.

아직 나를 잊지는 않았잖아.

살면서 조금도 생각나지 않는 사람이 있지.

하지만 넌 나를 찾았잖아.

난 그걸로 됐어.

지금 우리가 이렇게 마주하는 시간도

내 기억 속에서 잊힌다 해도 괜찮아.

우리가 함께였다는 사실은

변하지 않으니까.

최소한의
의지

산다는 건
꺼질 듯한 초 한 자루를 들고
비바람을 향해 걸어가는 것과 같다.

초가 꺼지면 다시 불을 밝히면 되지만
누군가는 그게 귀찮다고
초 한 자루 없이 어둠을 향해 걸음을 재촉하고
여기저기에 부딪히고 넘어져 상처를 입는다.

자기가 불을 켤 수 있음에도,
그 최소한의 노력도 해보지 않고
어두운 세상이 나에게 고통과 상처를 주었다고 말한다.

그리고 자리에 멈춰 서서

누군가 아직 꺼지지 않은 초를 들고 나타나

자기와 함께 걸어주기만을 기다리며

더 이상 움직이려는 생각도 하지 않는다.

하지만 어렵게 자기만의 초를 들고 가는 사람들은,

소중한 그 빛을 지키며 걸어가는 사람들은,

앉아서 아무 것도 하지 않는 사람을

피해가기 마련이다.

사람들은

살아가고자 하는 최소한의 의지도 없는 사람을

절대 돕지 않는다.

내가
있어야 할 곳

모두 때가 되면
원래의 자리로 돌아간다.

저마다 다른 이유로
행복을 찾아
머물던 곳을 떠나왔지만

저마다 다른 이유로
다시 제자리를 찾아
결국엔 돌아간다.

우리는 어디에 있든
잠시 머무르는 것뿐이다.

그렇기에 지금의 자리에서
보고 듣고 만나고 느끼는 모든 것들이,

어쩌면 다시 만날 수 없는
짧지만 소중한 가르침일 수 있는 이 시간들이,
소중하다.

떠날 수 있는
이유

"행복하지 않아서 떠나온 내가 여기 계속 머무를 수 있을까?"

여행지에서 들려온 이 물음에 누군가 답했다.

"이렇게 여행을 다니며 해외에 오랫동안 머물러 있는 사람들을 보면 어딘가 특별해 보이기도 하지. 마치 뭔가에 대해 도전하는 사람 같기도 하고, 그들에겐 특별한 통찰력이 있을 것 같기도 하고 말이야. 근데 여유가 있어 잠시 여행을 다니는 사람이나 정확한 직업이 있어 타국으로 온 사람들을 제외하고는, 무작정 도망치듯 타국으로 와 떠도는 사람들을 자세히 보면 별거 없어.

아마 그들의 마음이 평화롭지는 않을 거야. 그들 중 일부는 그 사실을 스스로도 알고 있을 거고, 일부는 앞으로도 계속 모르고 살지도 몰라.

어떤 이유로든 행복하지 않아 떠나왔을 텐데 그들은 좀 나아진 걸까? 결국 행복을 위해 자유를 찾아 떠나왔지만 결국 돌아가야 한다는 걸 알고 있을까?

그게 떠나온 물리적 위치든 삶을 살아가야 하는 또 똑같은 일상이든 말이야."

무작정 떠나는 것만이 능사가 아니었다.
떠난다는 건 어디론가 돌아가야 한다는 뜻이었다.

어딘가로 떠나는 것도 용기가 필요했지만 다시 돌아가야 할 때는 그보다 더 많은 것들을 필요로 한다는 것을 미처 생각하지 못했다.

떠나는 것만이 답이라고 생각했지,
돌아갈 거라고는 생각하지 못했으니까.

떠날 수 있는 건 돌아갈 곳이 있기 때문임을,
그땐 몰랐으니까.

정리하고 나면
헤매지 않아도 돼

　정리를 잘한다는 건 쓸모를 다한 것을 잘 버린다는 뜻이다. 정리가 안 되는 건 쓸모없는 것들에 대한 미련이 남아서다. 주변에 버릴 것이 적을수록 가지런히 정돈할 일이 적어진다. 어느 날 메신저를 보다가 내가 즐겨찾기 해둔 친구들의 목록을 보며 이들과도 연락을 자주 하지 않는데, 메신저에 저장된 수많은 다른 사람들을 정리해버리고 싶다는 생각이 들었다.

　이제는 누군지도 모를 정도로 아주 오래된 사람부터 기억은 하지만 앞으로도 볼일이 없는 사람이 대부분이었다. 마음을 먹고 하나씩 정리를 하다 보니 이 사람과는 이런 기억이 있고 저 사람과는 이런 관계가 있다는 이유들이 하나씩 붙어 쌓이기 시작했다. 안되겠다 싶어 나만의 기준을 정했다. 친족, 최근 1년 사이에 연락을 주고받은 친구, 현재 함께 일을 하고 있는 관계. 나머지는 정리하자.

연락처를 정리하고 나니 무언가를 잃은 것 같은 느낌에 허탈하기도 했지만 시간이 지나면 이 아쉬운 기분도 지워진 사람들처럼 기억도 없이 사라질 것이었다. 살아가면서 영원히 내 곁에 있는 건 내 사람들과 오랫동안 함께하고픈 마음 하나뿐이다.

정리된 연락처를 보니, 지금 내가 어떤 사람들과 살아가고 있는지 명확해졌다. 책장이나 옷장을 정리하는 것처럼 쌓인 사람들도 정리가 되어야 내게 어떤 사람이 소중한지 눈에 보인다. 그렇게 정리가 되면 어디에 마음을 두어야 하는지 더 이상 헤매지 않아도 된다. 정돈하기 전에, 쓸모없는 것들을 곁에 두지 않는 게 우선이다.

그 선을 밟아도
아무 일도 일어나지 않아요

어릴 때 선을 밟지 않고 보도블록 위를 걷는다거나 빨간 돌을 밟지 않고 하얀 돌 위로만 걷는 것을 즐겼다.
완전히 성공해내면 그날은 운이 좋은 날.

혼자 걸으며 재밌자고 하는 행동들이었지만 행운을 위한 내 작은 강박이 아닐까 생각했다.
이런 이야기를 털어놓자 누군가 내게 말했다.

"선을 밟아보고 나서야 아무 일도 일어나지 않는다는 걸 알게 되는 거예요."

그는 내가 가진 작은 강박들을 깨부수려면 과감히

선을 밟아봐야 한다고 했다.

"경험해보지 않으면 아무것도 알 수가 없어요. 일단
시도해보고 나랑 안 맞으면 다음부턴 거를 수 있잖아
요. 그게 오히려 더 안전하고 재미있지 않나요?"

나와는 다른 생각이었지만,
한편으로는 그래서 잘 맞겠다는 생각이 들었다.

익숙하지 않으면 절대로 시도하지 않는 사람과
맛있다고 하면 가게가 아무리 허름하더라도
곧장 들어가 이것저것 먹어보고 생각하는 사람.

맛있는 음식만 한 번에 많이 먹는 사람과
모든 음식을 한입씩 먹어보고 싶다는 사람.

금을 밟으면 죽는다고 생각하는 사람과
밟아봐야 아무렇지 않게 살 수 있다고 말하는 사람.

무언가에 스스로를 가두며 사는 사람과
반드시 지켜야 할 것들을
필요 이상으로 만들지 않고 사는 사람.

그 사람을 만나고
닫혀 있던 마음의 빗장이
풀리고 있었다.

내 삶이 조금씩

달라지고 있었다.

내가 찾은 마음

잘 찍힌 사진 몇 장만 보고서
그 풍경을 직접 볼 수 있을 거라 상상하고
마음에 바람만 잔뜩 불어 넣었다.

때가 맞지 않았던 걸까.
사진 속의 풍경이 너무 과장되었던 걸까.
아니면 내가 너무 기대했던 탓일까.

한껏 부풀었던 마음은
바람 빠지는 풍선처럼 급하게 날아가
쪼그라든 모습으로 가슴을 쳤다.

언제나 좋은 날의 멋진 모습을 기대하지만
남들이 그려놓은 그럴싸한 함정에 빠진다.

노력 없이 얻은 것들은
우리를 쉽게 속인다.

무엇이든 시간과 정성을 들여
직접 느끼고 어렵게 찾아낸 것들만이
내 마음을 귀하게 가득 채울 수 있다.

무엇이든 시간과 정성을 들여
직접 느끼고 어렵게 찾아낸 것들만이
내 마음을 귀하게 가득 채울 수 있다.

작은 성공을
바라는 당신에게

내 삶에 작은 성공을 바란다면
남들보다 더 열심히 살아야 해.

그런 성공은 얻어 걸리는 게 아니라
정성을 다해야 이룰 수 있는 거야.

내가 가진 다른 것들을
내줘야만 얻을 수 있어.

남들처럼 하고 싶은 것을 다 하면서
성공을 이룰 수는 없어.

항상 얻는 게 있으면 잃는 게 있지만,
무엇이 내게 더 소중한지 기억해야 해.

행복한 순간을
떠올려

내가 무엇을 하면서 살면 좋을지 알고 싶다면
무슨 일을 할 때 행복한지
좋아하는 일을 적어봐.

그리고 그것들을 하나씩 해보면서,
그중에 무엇을 잘할 수 있는지 알아보는 거야.

나에 대해 숙고해보지도 않고
남들이 좋아하는 것,
남들이 해야 한다고 말하는 것에
휩쓸리지 마.

그런 것들이 나와 맞는다면 다행이지만
행복할 수 없고, 잘할 수 없는 일을 억지로 하면
실력도 늘지 않을 뿐더러
그 시간은 더 고될 수밖에 없어.

남들이 뭐라 하건
내가 하고 싶은 일을 하며 시간을 보내.

그런 시간이 쌓이고 쌓이면
행복으로 가까워지는
너만의 길을 찾을 수 있을 거야.

마음에 드는
단 하나

많은 것을 소유하려 애쓰면
그만큼의 비용과 시간이 들어간다.
하지만 그렇게 모은 자잘한 것들은
결국 대부분 쓸모없어지고 만다.

사람도 물건도 좋은 것 하나면 된다.
내 마음에 드는 최고를 선택하고
그것에 익숙해지는 연습을 하자.

값비싼 물건을 사 놓고 모셔두기보다
마음껏 쓰면서 내 몸에 익숙해져야
나와 어울리는 진정한 내 것이 된다.

많은 사람들과 시간을 나누어 보내지 말고
나를 존중해주는 소중한 사람에게
정성을 다해 도움이 되는 사람이 되면 된다.

그리고 무엇보다 중요한 것은
나에게 집중하는 시간과 비용을 아끼지 않는 것.

스스로 괜찮은 사람이 되면,
누구나 자연스레 가까이하고 싶어 하니까.

괜찮은 마음은
괜찮은 사람이 돼

내가 괜찮아야 한다.

내가 먼저 괜찮은 사람이어야 한다.

타인이 아닌 나에게

내가 충분히 괜찮은 사람이어야 한다.

그래야 주변 사람들도 괜찮은 사람이 된다.

내가 괜찮지 않으면

그 누구라도 곁에 있을 수 없다.

어쭙잖은 가벼운 위로를 들어
남아 있지도 않은 내 마음마저 도려내
훔치려는 사람들만 다가올 뿐이다.

내 마음이 진정으로 온전할 때
아주 작은 것들까지도
아름답게 바라볼 수 있다.

2장

나는 나대로
충분히 아름다워

하루의 사사로운 일들에
너무 얽매여 살지 말자

나는 나대로 충분히
아름답고 소중한 존재다

잘해낼 거라는
믿음

아무 노력도 하지 않으면서

기적을 바라거나

아무 생각 없이 살면서

정해져 있는 운명에 기대지 않는다.

걸음이 느린 나를

답답하다 말하며 고개를 절레절레 흔들어도,

항상 정답이라고 생각했던 일들이

언제나 오답이 되어 낙제점을 받아도,

생각하는 대로 이루어지지 않고
늘 엉뚱한 선택으로
스스로를 함정에 빠트려도,

나는 잘될 거라 믿는다.

부족한 나지만
나는 나를 놓지 않는다.

나는 나를 사랑한다고 말하지 않지만
나는 나를 나만의 방식으로 사랑한다.

가끔은 괜찮지 않아 불안해 보여도
잘 살아낼 거라 믿는다.

삶은
선택의 연속

삶은 선택의 연속이다. 아침에 일어나 무엇을 먹을지부터 어떤 옷을 입고 누구를 만나며 어떻게 하루를 보낼지 일상의 반복되는 사사로운 고민은 물론, 인생의 중요한 과제에 대한 결정을 해야 하는 순간도 있다.

어떤 것은 오랫동안 깊이 생각하고 때로는 즉흥적으로 결정하기도 한다. 어떤 이유로 선택을 했든 결과가 만족스럽지 않을 때마다 우리 마음은 상처를 입는다. 그래서 인생은 후회의 연속이기도 하다.

그래서 나는 늘
내가 선택한 결과에 얽매이지 않기를 바란다.

지나간 일에 대한 미련은 지금의 욕심일 뿐, 궁극적으로 현재의 나를 구원하지는 못한다.

매 순간 선택의 기로에서 어떤 결정을 하느냐는 신중해야 하지만 그것이 옳았는지는 시간이 지나고 난 후 내 행동과 마음가짐에 따라 달라지기도 한다.

좋았던 기억이 후회로 남기도 하며 잘못된 줄 알았던 일이 내 삶을 좋게 변화시키기도 한다.

그러니 살아가면서 마주칠 수많은 선택 앞에서,
실패를 두려워하지 않아도 된다.

선택하지 않는 삶은 정체된다.
끊임없이 새로운 곳에 몸을 내던지고
해보지 않은 일을 하면서 선택의 가운데 서야 한다.

선택하지 않아 후회 없는 조용한 삶보다
스스로 격동의 순간을 선택할 수 있으매
모든 것에 감사하는 삶이,
내가 살아있음을 느끼게 한다.

그러니 살아가면서 마주칠 수많은 선택 앞에서
실패를 두려워하지 않아도 된다.

흘러가는 대로
내버려둬요

시간이 지나면
그리운 것도 조금씩 잊혀간다.

잊힌다는 건
의미를 다했다는 말일지도 모르겠다.

언제나 찾아가면
늘 자리에 있던 사람도 추억도
더 이상 나타나지 않으면서
그날의 그곳도
그렇게 사라져 갔다.

영원할 것 같았던 마음도
한때의 욕심이었음을
그렇게 스쳐지나갈
바람 같은 것이었음을 알았다.

다시 새로운 사람과의 추억도
다른 풍경으로 담기겠지만
어차피 사라질 시간을
마음에 두지 않기로 했다.

흘러가는 대로 내버려두기로 했다.

흘러가는 대로

내버려두기로 했다.

모든 것은
내 마음 안에 있다

광활하고 어두운 밤.

하늘에 홀로 떠 있는 별은

묵묵히 자기 자리를 지키며

언제일지 모르는 순간까지

수많은 사람들의 이야기를 듣고

소리 없이 마음을 위로한다.

어떤 말을 해도

부정하거나 다그치지 않고

말하는 대로 있는 대로

묵묵히 들어주며

은은한 빛을 내며 조용히 희망을 속삭인다.

'모든 것은 너의 마음 안에 있어.

할 수 없다고 생각하는 것도

할 수 있다고 마음먹는 것도 말이야.

누구나 가슴 속에 숨겨진

저마다의 빛을 내는 보석이 있으니

스스로를 잃지 마.

빛을 잃지 마.'

오늘도 별은

그렇게 말한다.

관계에도
균형이 필요해

　영원하지 않을 거라는 걸 알기에 다만 오랫동안 함께하기를 바랐던 관계들이 있었다. 그래서일까. 우리는 함께하는 동안에 서로의 마음을 다해 시간을 보냈다.

　나이가 들어가면서 하나둘 새로운 울타리 안에서 각자의 삶에 집중하며 신경 써야 하는 것들이 늘어났다. 그만큼 마음의 거리는 멀어졌다. 서로의 사정을 공감하기에, 서운하지만 인정해야 했다.

　세월이 가면 관계가 넓어지는 게 아니라 압축되고 단조로워진다. 애써 관계를 정리하거나 붙들려고 괜한 노력을 하지 않아도 된다는 것을 알기 때문이다.

하지만 소중한 사람들은 사라지지 않고 곁에 남는다. 이따금 반가운 목소리로 안부를 묻거나 특별한 날 잊지 않고 찾아와주는 것이 얼마나 고맙고 감사한 일인지 알게 된다.

압축되고 단조로워진 새로운 관계,
그 안에서도 균형이 필요하다.

무언가를 바라지 않고 관계에 얽매이지 않으며
서로의 삶을 존중하며 언제든 방해받지 않아야
안정되고 균형 잡힌 관계가 된다.

가끔은
돌아가야 할 때도 있어

어떤 이야기는

결과를 모르기에

시작할 수 있다.

누구든 결과를 알 수 없으니

두려워하지 말고 원하고 계획한 대로

한 걸음씩 목표를 향해 나아가도 괜찮다.

걷다 보면 이 길이 아닌 것 같아 헷갈릴 때도 있고

막다른 골목에 부딪혀 가로막히기도 하고

감당할 수 없는 것들을 피해 돌아가야 할 때도 있다.

어디로 향해야 하는지 분명하다면
잠시 길을 잃거나 멈추어 쉬어도 괜찮다.

여기가 아닌가라는 생각이 든다면
여기가 끝이 아니라는 말이다.

안달날수록 마음은 요동칠 수밖에 없다.
할 수 없다고 단념하면 거기서 끝이 난다.

희망을 잃지 않고 조금씩 나아가다 보면
언젠가는 원하는 곳에 다다르게 된다.

설사 그 끝이 원하는 모습이 아니라 해도
그동안 나는 많은 것들 보고 경험하며
조금 더 성숙한 내가 되어 있음을 안다.

여기가 아닌가라는 생각이 든다면

여기가 끝이 아니라는 말이다.

나는 나대로
충분히 아름다워

우리는 모두가
하나의 섬이다.

각기 다른 모습을 하고
자기 자리를 지키며
홀로 어우러져 살아간다.

섬마다
다 다른 사연들을 안고
지금을 견디며 살아간다.

어디에는 수많은 사람들이 모여 살지만

그들이 내뿜는 오염으로 몸살을 앓기도 하고
또 어떤 섬은 누구도 찾지 않지만
파도를 벗 삼아
자연 그대로의 모습을 지키며 산다.

누가 누구를 부러워할 이유가 없다.
모두가 각자의 삶을 살아내느라 바쁘다.

외로워 보이지만 그건
우리의 마음일 뿐이다.

우리가 육지라 여기는 대륙 또한
하나의 큰 섬일 뿐이다.

크다고 해서 늘 든든하거나
작다고 해서 아무 일이 일어나지 않는 것도 아니다.

모든 것은 생각하는 만큼 보이고
아는 만큼이 전부라고 착각할 뿐이다.

그러니 지금의 모습에
하루의 사사로운 일들에
너무 얽매여 살지 말자.

나는 나대로
충분히 아름답고 소중한 존재다.

커다란 행복이 아니라도
그저 많이 웃기를

커다란 행복에 집착하지 마.
무언가 이루어질 수 없는 꿈 같은 것들이나
크고 비싸고 희귀한 것들이 우리에게
행복을 가져다준다고 생각하지 마.

그런 것들은 잘 오지도 않고
기다리다 지쳐 우리의 마음을 닫히게 해.

작은 것들에 감사하고 미소 지을 수 있다면
충분히 괜찮은 삶을 살고 있는 거야.

생각지 못했던 사사로운 일들이
더 깊이 닿아 가슴을 뛰게 만들지.

행복이라는 단어에 집착하기보다
그저 우리가 많이 웃을 수 있다면 좋겠어.

감당할 수 있는
선에서

   비행 중 비상 상황이 발생했을 때 내려오는 산소 호흡기는 아이에게 먼저 착용시키는 게 아니라 어른이 먼저 착용하라고 권고된다. 어른의 호흡이 확보된 다음, 옆에 있는 아이를 챙겨야 한다는 뜻이다.

   쉽게 생각하면 어른이 이기적이라고 생각할 수 있지만, 내가 먼저 숨을 쉴 수 있어야 나보다 약한 아이를 챙겨줄 수 있기 때문이다.

   이렇듯 삶 속에서 우리는
언제나 나를 최우선에 두어야 한다.

   내가 나로서 살아 있어야

주변 사람들을 돌아볼 여유가 생기고
내 인연들의 존재 이유가 생기는 것이다.

남에게 좋은 사람이 되려고
나를 버리면서까지 애쓰다 보면
결국 우스운 사람이 되고 만다.

나를 희생하는 것과
나를 잃는 것은 다르다.

언제나 감당할 수 있는 선에서
내가 무너지거나 상처 입지 않는 선에서
남에게 베풀어야 의미가 있다.

세상에서 가장 소중한 사람도
가장 아끼고 사랑해야 할 사람도
나라는 사실을 잊지 말자.

후회 없는
오늘을 위해

내일도 오늘처럼

새로운 해가 뜰 거라 당연시하면서

지금을 대충 살지 말자.

일분일초 앞도 모르듯, 내일 일은 아무도 모른다.

항상 긴장하며 충실히 시간을 보내야 한다.

그래야 내일이 더 좋은 오늘이 될 수 있다.

그렇지 않더라도 후회가 없다.

오늘이 어제의 나를 비추는 것처럼

내일은 오늘의 나를 비추는 것이다.

오늘이 어제의 나를 비추는 것처럼

내일은 오늘의 나를 비추는 것이다

당신이
바라봐야 할 곳

행복하고 싶다면서
지금을 보지 못하고

사랑한다면서
당신을 보지 못하고

나를 찾고 싶다면서
남을 찾아다닌다.

마음의 문이 열리길 바라면서
내 마음은 굳게 닫혀 있다.

두 눈을 가지고 있지만

엉뚱한 곳만 바라보며 산다.

오늘을 살면서

어제를 곱씹고

내일을 꿈꾼다.

그립다

그립다.

사람들의 목소리가,
가슴 적시는 멜로디가.

돈이 없는 게 아니라
시간이 없는 게 아니라
친구가 없는 게 아니라

마음에 여유가 없다.

숨 쉴 수 있는 공간이 없다.

사람들과의 소소한 이야기와

함께 부르던 노랫말과

사람들의 온기, 웃는 얼굴, 추억.

그 모든 것들이

전부 그립다.

세상에
완벽한 것은 없어

의심이 많은 건 상처받고 싶지 않아서.
믿고 싶은 대로 생각하고
내 생각대로 되길 바라서.
그 마음을 끌어안고 놓지 못해서.

나는 틀리지 않는다는 확신은 집착이 되고
그 마음은 결국 마음의 병이 된다.

그럴수록 내가 보는 세상은 좁아진다.
다른 사람을 인정하지 못하고
나만 옳다는 착각에 빠지게 된다.

어떤 사람을 만나도 치유하기가 어렵고

관계는 점점 단절되고 결국 홀로 고립된다.

방향이 잘못된 확신은 세상에 대한 불신으로 자란다.

상처에서 벗어나야 한다.

작은 것에 너무 큰 의미를 두지 말자.

완벽한 건 없다는 걸 인정하자.

대충 살아도 된다.

의심하지 않으면 마음이 편안해지고 자유로워진다.

그러니 스스로를 옭아매지 말자.

세상에 완벽한 것은 없다.

확신의 방향을 조금만 틀어도

세상을 다르게 바라볼 수 있다.

삶이 달라질 수 있다.

너의 진짜 이야기가
듣고 싶어

난 내 감정을 드러내는 데 얼마나 솔직한가.

어릴 적 나는 종종 가까운 사람에게 실컷 내 고민들과 하지 않아도 될 쓸데없는 얘기까지 다 털어놓곤 했다. 그럴 때면 상대방은 내 얘기를 조용히 듣고 있다가 내 얘기가 알맹이 없이 겉도는 것 같다고 했다.

겉돈다고? 난 너무 솔직하게 털어놔서 창피해 죽겠는데 왜 진짜 속 이야기는 털어놓지 않느냐고 하지?

시원하게 털어놓고 고민을 덜려다가 그 한마디에 고민을 하나 더 안고 집으로 돌아가기 일쑤였다. 그럴수록 머리는 복잡해지고 마음은 더 무거워졌다.

"다른 사람들은 자기 얘기도 편하게 하는데 너는 항

상 정갈하게 정돈된 모습만 보여주는 거 같아. 딱딱해서 재미가 없어. 사람들은 네 진짜 얘기가 듣고 싶을 거야. 반듯한 네 모습을 원하는 게 아니라 솔직한 네 모습 말이야. 소통은 그런 거라고 생각해."

친구의 말을 듣고 당황했다. 반은 맞고 반은 아니라는 생각이 들었다. 힘을 좀 빼고 편하게 이야기하고 싶다는 생각을 하면서도 내가 만들어놓은 틀에 나를 맞춰야 마음이 편했다.

때론 스스로 만든 그 틀 안에 갇혀 답답할 때도 있지만 그건 언제까지나 내 마음을 안정시키기 위해 지켜야 할 커다란 원칙과도 같았다.

그러면서 어린 시절 나를 온전히 다 드러내어 얘기하고 난 뒤에도 고민이 풀리지 않았던 그날이 생각났다. 그 이후로 비슷한 일들이 반복되면서 사람들에게 내 고민을 풀어놓는 것이 얼마나 의미 없는 일이며, 그것이 결국 내 약점으로 돌아올 수도 있다는 것을 알게 되었다.

잘 지내고 싶은 마음과 생각대로 돌아오지 않는 마음이 부딪히면서 그 어딘가에 어정쩡하게 감정이 물렸고, 망설이다가 꼭 초점이 어긋나 이상한 모습이 되고 말았다.

솔직하지 못한 건 너무 많은 이야기를 하거나 상대가 어떻게 받아들일지 그 이후가 걱정되기 때문이다. 불필요한 말은 하지 말고, 일단 입 밖으로 꺼내었다면 그 후는 걱정하지 말아야 한다. 그건 내 몫이 아니라 그 사람의 몫이기 때문이다.

있는 그대로의 내 진짜 이야기를 하고 싶다면, 그만큼 상대가 많은 이야기를 할 수 있도록 묻고, 듣고, 공감할 줄 알아야 한다. 그제야 진솔한 소통이 가능하다. 그러고 나서야 진짜 이야기가 시작된다.

인생은
복권과 같아

인생이 복권과 같은 이유는
매주 희망을 안고 사지만
항상 본전도 찾기 어렵기 때문이다.

안될 걸 알면서 구매하는 이유는
혹시나 하는 잠깐의 즐거운 상상에
기꺼이 대가를 지불할 수 있기 때문이다.
언젠가는 될지도 모른다는 희망 때문이다.

산다는 건 그런 것이다.
알 수 없는 불확실한 미래를 위해
내 시간과 정성을 다하고

그에 대한 고민과 걱정을 가득 안고 살아가지만
희망 때문에 버티는 것이다.

밤하늘의 쏟아지는 별을
언제나 볼 수 있는 건 아니다.

그럼에도 가끔씩 하늘을 올려다보는 건
바삐 돌아가는 도시의 수많은 빛에 가려져 있을 뿐
별은 언제나 제자리를 지키고 있다는 믿음 때문이다.

얻는 것보다
잃지 않는 게 중요해

선택의 기로에서 망설이는 이유는
원하지 않는 결과가 발생했을 때
그 책임을 감당할 수 없기 때문이다.

망설이고 있다면 돌아서는 게 좋다.

기회는 여러 가지 모습으로 나타난다.
꼭 이것이어야만 하는 건 없다.

얻는 것보다 잃지 않는 게 중요하다.
그게 돈이든, 사람이든, 내 마음이든.

언제나 감당할 수 있는 만큼

생각은 짧고 심플하게

세상을 단조롭게 살 필요가 있다.

돌아오지 않는
마음

기대만큼 돌아오지 않는 마음이 있다.

모든 마음을 똑같이 주고받자는 약속을 하지는 않
았지만 서로에 대한 최소한의 신뢰에 의문이 드는 순
간, 난 상대에게 무엇이었을까 하는 생각이 든다.

소중한 무언가가 생기면,
그것을 지키고 싶은 마음도 함께 생긴다.
하지만 소중하게 여긴 것이 조금이라도
깨어져버리면 그것은 온전한 가치를 잃는다.

나에게 소중한 사람에게,

나 역시 소중한 사람이고 싶다.

그 마음이 스스로 상처를 만든다.

똑같이 존중받고 싶다고 생각하지만

언제나 인간은 내가 준 것보다 더 받고 싶어 한다.

내가 누군가에게 어떤 사람인지는

내가 아니라 그 사람이 정의하는 것이다.

어찌할 수 없는 것을 붙들고 있는

어쩔 줄 모르는 내 마음을 내려놓기를.

상대에게 내가 무엇도 아니라는 생각이 든다면

이미 존재의 의미는 없는 것이다

돌이킬 수 없는 관계가 된 것이다.

누구나
여러 얼굴을 갖고 있듯이

남에 대해 이야기하지 말고,
나에 대해 이야기하지 말자.

둘의 이야기를 남에게 말하지 말고
남의 이야기를 둘에 대입하지 말자.

누구도 나를 함부로 정의할 수 없듯이
나도 누군가를 함부로 정의할 수 없다.

상대가 누구냐에 따라
그날의 내가 어떤가에 따라
다르게 보이는 것뿐이다.

누구나 하나의 얼굴을 가지지 않았고
나 역시도 보는 사람에 따라 다르게 보여진다.

그러니 단면을 보고 판단하지 말고
나에 대해서도 단정하며 살지 말자.

온몸으로
비를 맞아도 돼

　비가 오는 날이면 밖으로 뛰쳐나가 온몸으로 내리는 비를 흠뻑 맞는 선배가 있었다. 사람들은 요즘 비는 맞으면 머리카락이 빠진다며 그를 만류하곤 했지만 선배는 아랑곳하지 않고 비를 맞았다. 그때나 지금이나 그 행동은 나로서는 감당이 안 된다. 머리카락이 빠지는 건 그렇다 치더라도 하루 종일 젖은 상태로 보내야 한다는 건 끔찍한 일이니까, 내 발로 나서서 비를 맞을 용기는 좀처럼 나지 않는다.

　선배는 몸에 걸쳐진 것들과 그것으로 인해 불편해지는 시간들을 계산하지 않았다. 그저 자기가 좋아하는 것에 흠뻑 젖어 시간을 보냈다. 그토록 좋아하는 비가 매일 오는 게 아니기 때문이었을지도 모른다.

우리는 어떠한 일이든 손해 보거나 상처받지 않기 위해 애를 쓰면서 산다. 무언가를 얻었을 때의 기쁨보다 가진 것을 잃었을 때의 고통이 더 크게 느껴진다고 믿기 때문이다.

장마철에 우산을 쓰고도 신발이 모두 젖어버리면, 어느 순간 더 이상의 노력이 무의미하다는 생각이 든다. 그럴 때면 세차게 내리는 비를 피하기보다 온몸으로 맞으면 마음이 편해진다.

더 이상 잃을 것이 없다는 생각이 들 때, 우리는 무언가를 해볼 수 있는 용기가 난다.

내리는 비를 감당할 수 없다면 피하려 하지 말고 모든 것을 내려놓고 홀가분하게 빗속을 걸어보라.

내리는 비를 피하느라 애쓰던 마음 때문에 미처 생각할 수 없었던 다른 기분을 느낄 수 있을 것이다.

비를 온몸으로 맞는다고 해서
반드시 무슨 일이 일어나는 것은 아니다.

오히려 지금까지는 생각지 못했던,
완전히 새로운 일이 시작될 수도 있다.

단순하게
살고 싶어

단순하게 살고 싶다고
생각하다 보면 복잡해진다.

단순하게 살고 싶다면
생각의 끈을 놓아야 한다.

내 머릿속이 단순하게 정리되고
모든 것이 깨끗해지는 순간
그제야 내 삶도 단순해진다.

평범이라는 말에
집착하지 마

평범하게 사는 일이 어려운 이유는
나를 인정하지 못하고
남과 비교하는 데서 시작된다.

다른 사람의 시선에서 나 역시도
평범하게 보인다는 것을
알려고 하지 않는다.

내 곁에서 일어나는 일들은
대부분 평범함 속에 있다.

하지만 누구에게나 삶에 저마다의 굴곡이 있고

짊어진 무게도 다를 수밖에 없다.

평범은,
아무렇지 않다는 의미가 아니다.

어쩌면 평범이라는 단어에는
행복이라는 단어와 같은 의미가
숨어 있는 건 아닐까.

어떤 이는 평범을 꿈꾸지만 특별해지고 싶은,
자기 기준에서 평범하지 않은 사람들을 보며
이상하다고 말하기도 한다.

평범이라는 말에 집착하지 않아도 된다.

우린 이미
각자의 평범한 삶을 살아가고 있다.

그러니 구태여

평범함 안에서 살고 있는 누군가를

깎아내릴 필요가 없다.

나는 이미 충분히 평범하고

또 충분히 특별하다.

후회하면
뭐해

후회하면 뭐해.
이미 지나간 것을.

다시 그때로 돌아간다 해도
아마 똑같은 선택을 할 거야.

그때의 나는 지금의 내가 아니고
그때의 나는 다시 지금의 내가 될 거야.

만족하지 못하는 건
지금의 내 마음일 뿐.

다른 선택을 해야 한다고 후회하는 건
지금의 나지 그때의 내가 아니야.

중요한 건 그때의 나는
최선의 선택을 했다는 사실이야.

망설였든 부족했든 몰랐든 게을렀든
그 이유가 무엇이든 간에 말이야.

지나온 시간들이 만들어낸
지금의 나를 봐.

후회하면 뭐해.
지금의 나도 꽤 괜찮은 모습인데.

서로를
알아간다는 것

서로를 알아간다는 건
조금씩 나를 내려놓는 거야.

하나의 나를 내려놓고
하나의 당신을 채우는 거지.

만약 한쪽에서만 내려놓게 된다면
그 사람의 마음은 텅 비게 되는 거야.

그렇게 채워지지 않은 가벼워진 마음은
작은 바람에도 쉽게 흔들리고
어디론가 흔적도 없이 사라져버릴지 몰라.

소리 없이 쌓인 마음들이 미련으로 남아
한동안 그리움으로 당신을 달래야겠지.

언제나
설레는 계절

봄은 희망을 품고 오지만
자세히 보면 격변의 시간이다.

겨우내 움츠렸던 몸을 일으켜
다시 새로운 삶을 살아가기 위해
저마다 몸부림을 치고 있다.

모든 것들이 경쟁하듯 들떠
두근거리는 가쁜 숨소리에
먼지를 일으켜 서로의 눈을 가린다.

요란한 생명의 기운은 공기를 데워
봄은 살며시 꽃을 피우고
새로운 시작을 세상에 알린다.

모두가 공평하게 출발선에서 기다리지 않고
각자의 목표를 향해 이미 움직이기 시작했다.

그래서 언제나 봄은 설레는 계절이다.
다시 살아가기 시작하는 계절이다.

풍경에
사람이 담기면

아름다운 풍경은

그 모습 자체로 의미가 있다.

하지만 그 안에 사람이 담기면

생기가 있는 꽃처럼

향기를 머금고 살아난다.

시간은 그렇게

셔터를 누르는 순간으로 기록되지만

사진 한 장에는

그날의 온도와

당신의 숨 내음이 묻어난다.

그래서 아름다운 풍경을 만나면
늘 당신을 그려 넣었다.

단순한 한 장의 사진에
멈춰진 숨은 감정들을 담는다.

풍경이 아름다운 이유는
그 안에 당신이 있기 때문이다.

관계의
유통기한

관계에도 유통기한이 있다.

서로가 서로를 어떻게 대하느냐에 따라
길어지기도 짧아지기도 하지만
예상할 수 없고 거스를 수 없는 변수는
내가 미리 계산할 수 없다.

관계의 유통기한은 알 수 없지만
끝이 다가오고 있다는 건 느낄 수 있다.
부정하고 싶어도 받아들여야 한다.

이미 끝났다는 것을 알면서

모르는 척, 아닌 척하며

인연을 이어가는 것만큼

소모적인 일도 없다.

이미 기한을 다한 관계는

조심스럽게 내려놓아야 한다.

그것이 어떤 관계이든 간에 말이다.

부담 없는
선에서

다른 사람에게 나의 마음을
조금 나누어준다고 해서
내가 부족해지지는 않는다.
내 마음이 공허해지지도 않는다.

하지만 물질적인 것은
다시 돌려받지 않아도 되는 만큼만 주어야
뒤탈이 없고 상처받지 않는다.

다른 이와 무언가를 나눈다는 것은
우리의 삶에 기쁨을 주기도 하지만
때로는 부담으로 다가오기도 한다.

좋은 마음으로 나누어줄 수 없다면
내가 감당할 수 없는 무리한 요구를
거절했다고 해서
미안해하지 않아도 된다.

누군가를 도움으로 인해
내가 고통받아서는 안 되는 것이다.

부담 없는 선에서
마음을 주고받는 것이
서로를 위해 가장 좋은 일이다.

마음에 담은
온기로 살아가

이제 우리는 너무 오래된 관계.
싱그러운 청춘을 함께 보내며
우리의 마음도 더 깊어질 거라 믿었다.

하지만 시간이 갈수록 생각과는 다르게
여유로워질 것만 같았던 삶은
늘 숨 가쁘게 고비를 넘고 있다.

각자의 삶에 치이면서 접촉면은 좁아지고
그만큼 만남의 빈도도 줄었다.

이제는 지금의 사는 이야기보다

옛 모습을 회상하며 접점을 찾는다.

오늘의 차가운 공기만큼이나
우리의 사이도 살갑지 않음을 느꼈다.

우리의 관계는 여전히 지난 과거에 머물러 있지만
애써 아름다운 듯 찰랑이면서 그 쓸모를 다해간다.

하지만 모르는 척
우리는 따뜻하게 웃고 있다.

누구는 너무나 많은 추억이 있고
누구는 기억조차 없을 수 있지만
그 크기에 대한 다툼 없이 원하는 만큼

그때의 어렴풋한 온기를 가슴에 새긴다.
그날의 우리를 아름답게 가슴에 담는다.

텐션을 잃지 마

언제나 삶의 텐션을 잃지 않는 게 중요하다. 텐션을 잃으면 그다음에 무엇을 하려고 해도 생각하는 만큼 속도를 내기 어려워지고 리듬이 흐트러지기 쉽다.

시간을 정하고 그 안에 내가 할 수 있는 최대한의 목표치를 세우고 노력하다 보면 처음에는 원하는 만큼 되지 않더라도 어느 순간에 그곳에 닿아 있음을 깨닫는다.

삶이 무기력해질 때면 가끔 입영 훈련소에서의 세면 시간 30초를 생각하곤 한다. 30초 안에 내가 씻을 수 있는 범위와 속도를 정해서 재빨리 일을 마쳐야 한다.

처음에는 얼굴에 비누칠을 하는 중에 시간이 다되었다. 30초 안에 가능한 일인지를 믿을 수 없었지만 바짝 긴장하며 노력하니 나중에는 정말로 30초 안에 모든 것이 가능해졌다. 새로운 경험이었다.

훈련소에서의 경험은 극한의 상황이었지만, 일상 속에서도 시간을 정하고 긴장하며 몰두하면 좀 더 효과적으로 시간을 보낼 수 있다는 것을 알았다.

몸을 바삐 움직일수록 시간은 셀 수도 없이 빠르게 가지만 돌이켜보면 그날 하루는 유독 길었다. 아무 것도 하지 않는 하루는 시간이 더디고 지루하지만 돌이켜보면 흔적도 없이 빠르게 사라졌다.

같은 스물네 시간을 살아도 흔적 없이 흩어지는 시간을 살기 보다는 텐션을 잃지 않고 작은 무언가라도 남는 하루를 살고 싶다. 그런 하루하루가 쌓여 또 다른 내가 될 수 있으리라 믿는다.

내 삶을
온전하게

행운은 노력하지 않는 자에게 오지 않는다.
준비되지 않은 자에게
얻어걸리는 결과의 기쁨은
영속되지 않는다.

오히려 그런 것들만 찾아 유희를 즐기며
인생을 알 수 없는 길로 몰아
오랫동안 목적 없이 방황하게 만들곤 한다.

나이 드는 것을 망각한 채
'내가 옛날에는' 하며 거들먹거리는 것만큼
허망한 말도 없다.

사람들은 현재의 나를 마주하고 있다.
지난날 운이 좋아 한때 잘 나갔던 기억은
언젠가 빛을 잃는다.

그러니 오지 않을 인생의 기적을 바라지 말고
언제나 현재로도 온전한
내 삶을 살 수 있어야 한다.

◆ 3장 ◆

빗방울은 살아남아
바다가 된다

아직 스스로의 모습이
빗방울 같다 해도 절대 잊지 말기를.

빗방울이 살아남아
바다가 된다는 사실을.

아침마다
떠오르는 해

일주일을 시작하는 월요일은 피곤하고
한 달을 시작하는 첫째 날은 어느새 지나간다.

계절의 경계를 눈치채지 못하고
하루하루 일상에 치여 살다가
매서운 겨울바람에 정신을 차리고

꼭 해가 바뀌는 첫날이 되어서야
새로운 시작을 위해 다짐한다.

다시 생각해보면,
매일 하루가 새롭게 시작하기 좋은 날이다.

새로운 해는 새해에만 뜨는 게 아니라
매일 아침마다 떠오르기 때문이다.

단지 마음을 어디에 두느냐에 따라
그 의미가 달라질 뿐이다.

끊어낼 용기가
필요해

새로운 사람을
만나는 일보다 어려운 건

끊어내야 할 사람들을
정리하는 일일지도 모른다.

불필요한 관계를 정리한다는 건
단지 감정의 단절만을 의미하지 않는다.

나에게 불편함을 안겨주는 존재에게
더 이상 마음을 쓰지 않는 일.

우리는 그렇게 하나를 버리면서

소비되는 시간과 불필요한 지출보다

스트레스와 의미 없는 여러 부정적 감정을 줄이고

나에게 더 이로운 것에 집중하여

내 삶을 풍요롭게 만들 수 있다.

때로는 나를 위해

끊어낼 용기가 필요하다.

원래의 자리를
찾아

조용한 곳에서
누구도 마주치지 않고 살고 싶다는 생각을
몇 년째 하고 있다.

과연 그게 가능한 일인가.
말이 안 되는 소리라는 것을 안다.

사람에게 상처받지만
사람을 통해 살아갈 힘을 얻기도 한다.

혼자 할 수 있는 일을 찾아 혼자가 되었지만
그래도 여전히 소중한 사람들은 곁에 있다.

하지만 더는 버텨내고 싶지 않다.

이유 있는 상처야 치유할 방법을 찾을 노력이라도 할 수 있지만 이유 없는 상처는 견뎌내기가 쉽지 않다. 내가 왜 이런 고통을 받아야 하는지 어디에도 물을 수 없기 때문이다.

태풍이 지나간 자리.
이제 계절이 바뀌었음을 알겠다.

떨어지는 낙엽은
바람을 원망하지 않는다.

좋은 날, 좋은 순간
함께 했으니 그것으로 충분하다.

욕심을 내려놓고
원래의 자리를 찾아 돌아가면 된다.

빗방울은 살아남아
바다가 된다

멀리서 집채만 한 배가 조용히 보였다가 사라진다. 크기는 비슷하지만 모두 다른 배가 왔다 간다. 멀리서 보면 마치 정지해 있는 것처럼 느리게 움직여서 지켜보는 일도 지루하지만 커다란 배는 순식간에 눈앞에서 사라진다.

갑판 위의 모습도 나처럼 평온하기만 할까. 아마도 정해진 목표를 향해 계획된 일정대로 나아가려고 분주하게 움직이며 정신없이 소란스러울 것이다.

그 커다란 배를 품는 바다 역시도 처음부터 깊고 거대하지는 않았으리라.

하늘에서 온몸을 던져 홀로 떨어진 작은 빗방울은 그냥 사라지지 않고 더 작게 몸을 조각내어 땅속의 작은 틈으로 파고들며 물줄기를 만든다.

그렇게 다시 힘을 모아 오랜 시간 많은 곳을 함께 돌며 살아남아 마침내 바다가 된다.

어디가 끝인지 모를 만큼 드넓은 바다도 수면 위로는 조용하고 평온해 보이지만 바다는 쉽게 만들어지지 않았다.

작은 물방울이 모여 바다를 만들듯, 작은 힘들이 모여 모든 것을 담을 수 있을 만큼 웅장하고 깊은 하나의 세계를 이룬다. 그리고 그 안에 어우러져 살고 있는 각양각색의 보이지 않는 많은 생명체들은 살아남기 위해 치열하게 움직이며 오늘을 바삐 살아가고 있다.

멀리서 보면 평화로워 보이고 대단해 보이는 것들은 현실의 벽에 가려져 보이지 않는 모습들이 훨씬 많을지도 모른다. 내가 그 안으로 들어가보지 않으면 그들이 어떤 삶을 살고 있는지 어디로 무엇을 향해 가는지 알 수가 없다.

눈에 보이는 다른 이들의 부분적인 겉모습만 보고 내 멋대로 재단하면서 우리는 얼마나 많은 불필요한 감정을 소비하고 있는가.

아직 스스로의 모습이 작은 빗방울 같다 해도,
절대 잊지 말기를.
빗방울이 살아남아 바다가 된다는 사실을.

스스로의 모습이 작은 빗방울 같다 해도,

절대 잊지 말기를.

빗방울이 살아남아

바다가 된다는 사실을.

기다리지 않아도
봄은 오니까

기다리지 않아도 누구에게나 봄은 온다.

새롭게 시작할 수 있는 준비를 마친 사람에게 봄은 설레는 시작이겠지만, 겨우내 소리 없이 쌓인 차가운 눈을 미처 털어버리지 못한 사람에게 봄은 여전히 쌀쌀하고 먼지 가득한 날일지 모른다.

이미 밀려버린 방학 숙제를 하려고 고민하지 않아도 된다. 방학은 끝났다. 무엇을 해야 할지 어디서부터 손을 대야 할지 모르겠다면 애쓰지 말고 아무것도 아무 생각도 하지 말고 충분히 원하는 만큼 잠을 자도 좋다.
그리고 밖으로 나아가 걸으며 바람을 힘껏 느껴보

라. 얼마나 걸어야 하는지 어디로 가야 하는지 정하지 않아도 괜찮다.

바람은 차갑지만 어느새 봄 햇살이 어깨를 따뜻하게 감싸 안으며 괜찮다고 위로한다. 차가운 얼음을 깨고 어디론가 서둘러 흐르는 냇물을 따라 사람들도 각자의 걸음을 바삐 움직인다. 그리고 계절을 착각해 벌써 피어버린 봄꽃을 바라보며 미소 짓는다.

그렇게 생각 없이 걷다 보면 생각하게 된다.
지금 내게 가장 소중한 것은 무엇이고
어디로 가야 하는지 무엇을 해야 하는지.

봄이다.

밀려버린 숙제는 더 이상 고민하지 않아도 된다.
무엇이든 새롭게 시작하기 좋은 날이다.

계절이 지나가고
우리는 깊어지고

새로운 계절이 성큼 다가오는
아리송한 순간의 감정을 좋아한다.

하지만
계절의 정점을 함께 지나고
저물어가는 평온한 순간의 감정도 사랑한다.

서로에게
봄의 설렘으로 다가가
여름의 뜨거움으로 달구고
가을의 깊은 색채를 입어
겨울의 따스함을 지닌

그렇게
계절의 고비를 넘어
깊어진 우리.

다시 하나가 된다.

하루의 평온

포털의 뉴스와 SNS, 유튜브마저 끊고 나니
내게 주어진 하루가 늘어났다.

분명히 시간은 언제나 누구에게나
정확하고 공평하게 흐르고 있는데도
나에게 새로운 것을 할 수 있는 시간이 생겼다.

쓸데없는 곳에 내 감정을 빼앗기지 않으니
흩어졌던 마음의 조각들도 제자리를 찾았다.

짜증으로 가득했던 순간들이 줄어들고
좀처럼 들리지 않던 소리가 들리고

보이지 않았던 것들이
보이기 시작했다.

구석에 숨죽이고 있던 여러 감정들이
마음 곳곳에서 다시 피어오르기 시작했다.

세상의 시끄러운 소음에 눈을 감으니
내 마음의 소리에 귀 기울일 수 있게 됐다.

모든 것이
평온해졌다.

시작은
정갈한 마음으로

미세먼지 없는 화창한 날이면

창문을 활짝 열어 환기를 시키고

이불을 빨아 하늘 아래 넌다.

향긋한 새 빨래 냄새를 맡으며

부지런히 먼지를 털고 청소기를 돌리고

책상 위에 어지럽게 널려 있던 것들을

가지런히 정리하고 나면

복잡하고 우울했던 마음도 한결 좋아진다.

무엇이든 새롭게 시작하거나

집중할 수 있는 준비가 된다.

부산스러운 마음을 다잡기 위해
잠시 어디론가 바람을 쐬러 떠난다.
하지만 꼭 여기가 아닌 다른 곳에서
그 원인을 해결할 수 있는 것은 아니다.

지금의 내가 머무르는 이곳이 정돈되어야
돌아와 편히 쉴 수 있다.
그리고 다시 시작할 수 있다.

그래서 삶에 집중이 안 될 때는
나와 내 주변의 것들을 정리한다.

정갈하게.

언제고 다시 시작할 수 있을 것 같은
산뜻한 마음으로.

삶에 집중이 안 될 때는
나와 내 주변의 것들을 정리한다.
정갈하게.
언제고 다시 시작할 수 있을 것 같은
산뜻한 마음으로.

적당한
거리 두기

언제가 한 선배가 나더러
물 위에 부유하는 기름 같다고 했다.

남들과 잘 어울리고 싶어 하면서도
뜻대로 되지 않아 항상 주위를 맴돌며
다른 이야기를 하는 아웃사이더.

그때의 나는 좀처럼 섞이지 않는 물과 기름처럼
답답한 마음만 품은 채
안으로, 그 안으로 들어가고자 노력했었다.

하지만 문득 이런 생각이 들었다.

꼭 섞여서 그들과 같아져야만 하는가.

만약 섞인다 해도 내가 물이 되는 것도 아니고,
어쩌면 주위를 떠돌며 질서를 어지럽히거나
나라는 정체성마저 잃게 되는 게 아닌가.

섞이지 않지만 함께 공존할 수 있기에
내가 나로서 살아갈 수 있다는 것을
한참의 노력 끝에 깨달았다.

꼭 같아져야만 하는 건 아니라는 사실을.

다르기 때문에
나란 존재로 온전히
적당한 거리를 두고 함께할 수 있다는 것을.

마음의 풍요

　인생이 무료하게만 느껴지는 이유는 목적지가 없어 방향을 잃었기 때문일지 모른다. 아무 것도 하지 않고 아무 생각도 없이 산다면 삶에 의미가 없어진다. 몸과 마음이 한가할수록 쓸데없는 잡념과 망상에 빠지기 쉽다. 결국 근거 없는 죄목들로 스스로를 괴롭히기도 하고, 가까운 이들에게 상처를 주며 무겁고 어두운 시간을 보내게 된다.

　할 일이 없다면 나가서 가벼운 산책이라도 하면서 시간을 보내야 한다. 다른 이의 시간에 기대어 순간의 유희에 빠지지 않아야 한다. 허송세월하면서 보낸 시간들은 절대 돌아오지 않는다. 당장의 생산적인 일이 아니더라도 흥미 있는 일을 시도해보는 것은 또 다른 나를 발견할 수 있는 좋은 기회다.

무언가를 소유함으로 느끼는 기쁨은 잠시뿐이다. 그렇게 채워지는 욕심은 삶에 해소할 수 없는 마음의 갈증을 끊임없이 만든다.

내게 주어지는 시간을 즐겁게 보냈을 때, 의미 있는 하루였다고 느껴질 때, 우리는 삶에 만족감을 느낀다. 그 순간들은 내 마음에 풍요를 주고, 행복을 느끼게 만든다.

무조건 한 가지에 깊이 몰입하면서 시간을 보내라는 말이 아니다. 부지런하게 조금씩 실천할 수 있는 작은 일부터 시작하면 된다.

이렇게 살면 안 된다는 걸 알면서
이렇게 나를 방치해서는 안 된다.

내 인생을 책임지는 건
결국 나야

누군가와 생각이 다르다고 해서
내가 틀린 것은 아니다.

누군가 나를 싫어한다고 해서
똑같이 미워할 필요도 없다.

모두가 좋아하는 것을
꼭 좋아해야 하는 것도 아니고,

모두가 관심 있는 것에
관심 가져야 하는 것도 아니며,

많은 사람들이 안다고 해서
알아야만 하는 것도 아니다.

할 수 없는 일은
결국 할 수 없는 일이고

내가 할 수 있는 일에,
하고 싶은 일에 몰두하면 된다.

남들이 하는 것을 좇지 말고
내가 좋아하는 일을 하자.

내 인생은 내가 책임지는 것이고
나를 가장 잘 아는 건 나 자신뿐이다.

글을 쓰는
이유

글을 쓰는 이유는 오롯이 나를 위해서였다.
정돈되지 못한 나의 마음을 달래느라 썼다.

복잡한 생각들을 적고 다시 적으며
스스로 위로받고 있다는 것을 그때는 몰랐다.

단지 내 마음을 쓰고 지우기를 반복하면서
내가 무슨 말을 하고 싶은지
그래서 내 마음이 원하는 게 무엇인지
생각하고 또 생각했다.

어느 날 높게 쌓인 그 기록들을 들추어볼 때면

내가 어떤 마음들을 지우고 채우며 살아왔는지
그래서 생각하고 원하는 대로 잘 걷고 있는지
현재를 다시금 곱씹으며 돌아보게 했다.

그렇게 살면서 글을 쓴다는 건
단순히 대단한 것을 창작하는 작업이라기보다
내가 고민하고 갈망하는 것이 무엇인지 듣기 위해
지금의 나와 대화하며 내 마음을 달래는 일이다.

삶의 어디쯤에서 멈춰 서 나아갈 방향을 잃었을 때
그 고민의 흔적들은 내가 가야 할 길을 알려준다.

차곡차곡 노트에 얹어놓은 활자들은
조금 더 나은 삶을 위한 계단이 되고 징검다리가 되어
나를 움직이게 한다.

내가 선택한 길

어떤 것을 보고 듣고 느끼느냐에 따라
같은 세상을 살아가면서도
눈앞에 전혀 다른 세상이 펼쳐진다.
그리고 우리는 보이는 대로 움직이며 살아가게 된다.

여러 갈래의 다양한 길 가운데
어떤 곳으로 향하느냐는 본인의 결정이지만

내 주변에 어떤 사람들이 있는지
내가 세상을 어떻게 바라보고 있는지
같은 시간을 어떻게 보내고 있는지에 따라
선택은 달라진다.

그러니 지금의 삶이 마음에 들지 않다면
잠깐 모든 것을 멈추고 주변을 둘러볼 필요가 있다.

매번 원하는 대로 결과가 나오지 않는 건
언제나 잘못된 선택을 하고 있기 때문일지 모른다.

결국 내가 바라보는 세상은
나의 선택이 만들어낸 결과다.

사랑은 마음을
평화롭게 해

사랑은 설레는 게 아니야.
마음이 편안해지는 거지.

언제나 내 곁에 있을 거라는
믿음 같은 게 생기는 거야.

그래서 나를 더
솔직하게 보여줄 수 있고
상대를 이해할 수 있게 되는 거지.

그러니

설레지 않는다고

불안해할 이유도 없고

편안해졌다고 해서

다른 곳에 눈 돌릴 수도 없어.

사랑은 결국 마음을 평화롭게 해.

어떻게 얻은 마음의 평화인데

그 평화를 스스로 무너뜨리지는 마.

모든 여행에
실패는 없다

여행을 갈 때면 나는 여행 기간보다 여행을 준비하는 기간이 더 길다. 잘 모르는 낯선 곳에서 어디를 가야 할지 몰라 거리를 헤매거나 시간을 낭비하면서 엉뚱한 곳에서 일정을 허비하고 싶지 않기에, 꼭 가야만 하는 곳들을 나열하고 위치를 표기해서 동선이 겹치지 않게 최대한 효율적으로 계획을 짠다.

그곳의 향을 충분히 맡으며 그날의 공기와 온도를 느끼기보다는, 남들이 꼭 가는 명소에서 사진을 찍고 남들이 다 가는 식당에 들러 밥을 먹고 남들과 같은 경험을 했다는 것에 흡족해한다. 그래서 언제나 짧은 여행은 극기 훈련만큼 고단하다.

떠나기 전의 설렘보다는 실패하면 안 된다는 마음으로 구체적인 계획을 짜느라 바쁘고, 그렇게 짜인 일정을 숨만 쉬며 소화하고 나면 다시 일상으로 급히 돌아와 회복하기에 급급하기 때문이다. 그래서 나는 여행보다 언제 가도 방황하지 않고 마음 편안한 내 눈에 익숙한 곳을 즐겨 찾는다.

어느 날 한 친구가 왜 매번 가는 곳만 가고 먹던 음식만 먹느냐고 물었다. 사람도 자주 만나면 새로운 이야기가 없어지는데 옛날이야기를 하는 것도 한두 번이라고, 세상엔 아직 경험해보지 못한 새로운 곳이 너무나도 많다고 했다. 그러면서 한 번의 여행을 통해 너무 많은 것을 급하게 보려고 애쓰기보다, 한 곳에 머물러 있더라도 남들이 가보지 않은 길을 걸으며 편안함을 느꼈다면 충분히 가치 있는 시간이 될 거라고 말했다.

가장 중요한 것을 잊고 있었다. 좋은 시간을 보내고 안 보내고는 내 마음에 달렸다는 것을.

계획대로 되지 않는 게 인생인 것처럼

여행에서의 완벽도 결국 내 바람일 뿐이다.

원하는 대로 여행이 흘러간다고 꼭 흡족한 것도 아니고 조금 틀어졌다고 그 시간 전부가 나쁜 기억이 되는 게 아니다.

훌쩍 떠났다는 것만으로 충분한 가치가 있다.

남들이 가는 곳을 얼마나 많이 가보았는지보다 나의 시선으로 무엇을 어떻게 바라보았느냐가 더 소중하다.

모든 여행에 실패는 없다.

청춘은 계속돼

괜한 나이를 탓하며 망설이고 있다면
살아가야 할 이유를 부정하는 것이다.

어떤 것이든 시작할 수 없는 때라는 건 없다.
단지 실패할 두려움에 용기가 나지 않을 뿐이다.

편하고 익숙한 삶에 안주하고자 한다면
더 이상 아무것도 할 수 없게 될지 모른다.

무엇이든 배우고자 하는 의지와
시작하려는 마음만 있다면
우리의 청춘은 끝나지 않는다.

조금 더디게 가면 어떻고 어설프면 어떤가.

겪어보지 못한 새로운 것을 향해

살아서 움직이고 있다는 것만으로도

삶은,

충분한 희망으로 벅차오르는 것이다.

충분히 울어도 돼

어차피 잊어버릴, 잊혀버릴 것들을

놔주지 못하고 붙잡고 애쓰는 이유는

끝까지 붙잡는 노력이라도 했을 때

시간이 흐른 뒤에도 더 이상 이것들에 마음 쓰거나

미련을 두지 않을 수 있기 때문이다.

붙잡을 수 있을 때까지 붙잡았으니까.

그 슬픔을 다 견뎌봤으니까.

그러니 지금

감당할 수 없을 만큼 깊은 슬픔에 잠겨 있다면

감추지 말고 충분히 울어서

그 감정들을 쏟아내야 한다.

괜찮지 않은데 괜찮다는
어쭙잖은 허탈한 위로에 기대지 말고
괜찮지 않은 마음에 솔직해져야 한다.

나는 당신이
충분히 울고 아파하기를 바란다.

그리고 나서 언제고 미련 없이
툭툭 털고 일어나기를 소망한다.

설명하지 않아도
되는 사이

언제든 부르면 편하게 만날 수 있는 사람이 있다.

술을 마시지 못하는 내가 괜찮냐고 물었더니
술은 다른 사람과 마시면 되고
나와는 커피를 마시면 된다며
신경 쓸 일이 아니란다.

맛있는 밥 한 끼를 먹고 커피 한잔을 마시며
조용히 대화를 나눈다.
꼭 용건이 있어야 하는 것도,
긴 수다가 아니어도 된다.
그저 조용히 함께 시간을 보낼 뿐이다.

굳이 나를 설명하지 않아도 되고

잘 보이기 위해 꾸미지 않아도 된다.

무엇을 먹을까 어디를 갈까 고민하지 않아도 된다.

감정을 숨기느라 표정 관리를 하지 않아도 된다.

형식적인 안부를 물어야 할 필요도 없다.

문득 뭐하냐고 물으면,

그날은 우리가 만나는 날이 된다.

그런 친구가 있다.

가까운 친구는 아니지만 오래된 친구.

멀리 있지만 항상 내 안에 있는 사람.

언제든 부르면 편하게 만날 수 있는 사람이 있다.

그 한 사람이 가끔은

팍팍한 내 삶을 버티게 해준다.

바다가 주는
위로

반복되는 일상에 치이거나
갑작스러운 일들로 삶이 막막해지면
망망한 바다로 가 불어오는 바람을 맞는다.

바다는 많은 것을 담고 있지만
눈에 보이는 것들이 전부는 아니다.
나와 같은 사람들의 보이지 않는 수많은 아픔과
아련한 시간을 품기 위해 쉴 새 없이 요동치고 있다.

그래서 파도는 거친 소리를 내며 다가오지만,
깨알 같은 모래에 부딪히고 걸러진 새하얀 거품으로
어둡고 무거운 내 마음을 쓸어내리며 어루만진다.

이내 부드러워진 모래 위로
파도가 밀려와 부서졌다가 다시 매끄러워지듯이
내 삶도 그렇게 부딪히며 고와지는 거라고
바다는 몸소 보여준다.

가까이 다가오는 파도를 지켜보는 일은
언제나 그렇듯 소란스럽지만
그 위에 내 마음 속 불안과 고민을
모두 떨쳐 보낸다.
그리고 눈을 들어 저 멀리를 본다.

드넓은 바다가 몇 번의 파도가 되어 나에게 와서는
내 고민을 모두 가져가버리고,
평온해 보이기만 하는 저 먼 곳에서 불어오는
따스한 바람을 느껴보라고
살며시 권한다.

괜찮아질 거라고 말한다.

사람은
변하지 않아

사람이 변했다 생각했었다.

하지만 사람은 변하지 않는다.

단지 보지 못한 그 사람의 모습을

달라진 상황에서야 보는 것뿐이다.

원망할 이유도 상처받을 것도 없다.

수용할 수 있다면 관계는 계속될 것이고

그렇지 않다면 돌아서면 그만이다.

내 판단이 잘못된 것도, 내 선택이 틀린 것도 아니다.

세상의 다양한 사람 중에

어쩌다 마주친 하나일 뿐이다.

혼자가
된다는 것

혼자가 된다는 건
외로워지는 게 아니라
자유로워지는 거야.

홀로 설 수도 없으면서
자유롭고 싶다는 건
욕심일지도 몰라.

기꺼이 혼자가 되어봐.
세상을 보는 눈이 달라질 거야.

진심은
마음에 있는 거야

한번은 '진심'이라는 단어를 즐겨 쓰는 이를 만난 적이 있었다. 진심이라는 단어를 사용하는 것도 어색했지만 처음 만난 사이에 말끝마다 진심이라는 말을 붙여 본인의 말을 믿어달라고 강요받는 느낌이었다.

그렇게 말하지 않아도 본래 마음은 온전히 전달될 텐데, 갸우뚱했지만 일단 들어주었다. 하지만 예상했던 대로 어떤 마음이 진짜였는지 알게 되면서 더 이상의 관계는 이어지지 않았다.

또 언젠가는 오랜 친구가 외국에서 살다가 잠깐 한국에 들어와 그간 여러 일들로 힘겨운 시간을 보내고 있다며 고민을 털어놓았다. 그 여린 마음이 얼마나 상처받았을까 생각하니 내 마음도 좋지 않았다. 일이 자기 생각대로 돌아가지도 않고, 제 마음이 사람들에게 부정당하고, 자기가 말했던 계획이 무시당하면서 친구는 상처를 받았다.

진심일수록 사람들은 더 큰 상처를 받는다. 굳이 말하지 않아도 친구는 정말 진심이었을 것이다. 그래서 묵묵히 곁에서 이야기를 들어주었다.

진심은 입 밖에 있는 게 아니라 마음에 있다.

내 마음이 어떠한지는
내가 아닌 상대가 판단하는 것이다.

마음을 마음으로 전달해야지,
소리 내어 진심이라고 말한다고 해서
모두 진심이 되는 것은 아니다.

누군가가 소리 내어 말하는 진심을 듣느라,
다른 누군가가 마음으로 전달하는진심을
놓치고 있는 건 아닐까.

그래서 우리는 눈을 보고 진심을 전달해야 한다.
진심은 말이 아닌 마음에 있으니까.

언제든 밀려갔다
돌아와 나를 안아주는 것

완전히 떠나갈 것처럼 쓸어내며 멀어져

검은 바닥을 드러냈다가

어느새 조금씩 다가와 할퀴어진 바닥을 메운다.

그리고 잔잔히 파도를 만들어 상처를 어루만진다.

이제는 기다리지 않고 머물러 있기로 했다.

당신이 나를 찾아 헤매지 않도록

언제든 밀려갔다 돌아와 나를 안을 수 있게

처음에는 그렇게 떠나가는 줄 알고

당신을 기다리며 속이 새카맣게 탔다가

다가와 안아주는 당신에 이내 따뜻해졌다.

당신은 당신의 모습으로
내 곁을 지키고 있다는 것을 알았다.

언제나 내가 바라볼 수 있는 자리에서
찰랑이며 손짓하고 있음을.

낭만과
멀어지지 않으려면

누군가를 만남으로 인해서 새로운 세상을 보게 되고
해보지 못한 경험을 하면서 생기는 감정을
우리는 낭만이라고 부른다.

낭만이 점점 사라지는 이유는
우리가 더 이상 새로운 시도를 하지 않기 때문이다.

무엇을 하든 실패하고 싶지 않고
상처받고 싶지 않은 마음에
이미 경험해본 안전한 일들만 하게 되고
삶은 단조로워지고 심심해지고, 답답해져 버린다.

도전하지 않는 삶에 낭만은 없다.

누군가와의 관계에서
내가 좋아하는 것만 고집하다 보면
낭만과는 멀어질 수밖에 없다.

끊임없이 나를 가꾸고 상대가 원하는 것을 함께하며
늘 새로운 도전을 두려워하지 않는다면,

우리의 낭만은 더 깊어질 것이다.
우리의 관계도 더 단단해질 것이다.

봄

나이가 드는 건
기쁘지 않지만

해마다 봄이 오는 건
언제나 반갑고 설렌다.

어쩌면 봄이
새로운 희망을 품고 올지도 모른다고
믿게 되기에.

나에게
인정받는 일

누군가에게 인정받는 것보다 중요한 것은
나에게 인정받는 것이다.

내 노력에 대한 결과를 받아들이고
잘했다고 스스로 칭찬할 수 있다면
그것으로 충분하다.

많은 사람들의 갈채는 바람과 같다.

남의 시선에 눈치 보며
누군가에게 무엇이 되려 하지 말고

가치 있다고 생각하는 일을 찾아
나만의 길을 즐기며 걸어보자.

그래야 어딘가에 잠시 멈춰 섰을 때
그곳이 생각했던 곳이 아니거나
원하는 만큼의 성과가 없더라도
길을 잃지 않고,
다시 걸을 수 있다.

삶의 주변에서
중심으로 가야 해

잊어버려 지우고 싶은 기억들이 왜 없겠어.

노력해도 마음에서 완전히 사라지는 게 아니잖아.

마주치지 않으려고 기록을 지우고

굳이 떠올리지 않으려고 억지로 애쓰며

잊은 듯 지워진 듯 살아가는 것뿐이야.

그러기 위해서 삶의 속도를 최대한으로 올려

다른 것에 몰두하며 정신없이 바쁘게 움직여야 해.

속도가 빠를수록 마주치는 것들이 많을수록

내 삶의 중심에 가까워지고

집중해야 하는 삶의 중심에 가까워지니까.

그러고는 그만큼 넓어진 마음의 원심력으로

잊고 싶은 조각들을 최대한 멀리 밀어내는 거야.

다시 가까워져 부딪히지 않도록 말이야.

삶이 다시 균형을 잡고 안정을 되찾으면

잊고 싶었던 기억들은 잊고 지낸 만큼

마음 밖으로 성큼 밀려나

어디에 있는지 관심조차 사라져

괜찮아질 거라 믿어.

그러니 잊기 위해

그 순간을 붙들고 나를 괴롭히지 마.

밝은 사람에게
끌리는 이유

언제나 웃는 얼굴인 사람은
가끔은 생각 좀 하라는 이야기를 듣지만
또 웃는다.

생각이 없고 속이 없어서 웃는 게 아니다.
흘러가는 일들을 붙잡지 않을 뿐이다.

생각이 너무 많으면
언제나 심각하고 예민한 얼굴이 된다.

지켜야 할 것들이 너무나 많아
삶이 쉽게 피곤해진다.

밝은 사람에게 끌리는 이유는

나를 대하는 태도가

남을 대하는 태도가 되기 때문이다.

스스로를 편하게 만들어주는 사람이

남을 편하게 만들어줄 수 있기 때문이다.

시간의 가치

같은 시간도
어떤 이에게는 그냥 흐를 뿐이고
누군가에게는 절실한 순간이다.

시간은 늘 공평하게 주어지지만
어떤 마음으로 보냈느냐에 따라
훗날의 삶은 전혀 다른 모습을 한다.

다른 감정의 시간을 보내며
다른 사람들과
다른 일을 하며
마침내 더 나은 꿈을 꾸게 된다.

지금의 시간을 소중히 하고

허투루 보내지 말아야 하는 이유다.

홀로
설 수 있기를

나이가 들수록 감정의 기복 없이
평온하고 아름답게 하루를 보낼 수 있기를

어떤 일에도 당황하거나 두려워하지 않고
호탕한 웃음으로 마음에 화를 쌓지 않기를

모진 풍파에 마음이 무뎌져서가 아니라
그만큼 넓고 깊어져 무엇이든 품을 줄 알기를

외로움은 누군가와 함께할 때 사라지는 것이 아니라
어딘가에 기대고 싶은 마음임을 알기를

상대에게 집착하지 않고 거리를 둘 때
좋은 관계가 된다는 것을 알고
사람에 연연해하지 않기를

냉정하게 생각하되 함부로 대하지 말고
따뜻한 마음으로 공감할 줄 알기를

가지지 못한 것을 탐하지 않고
가지고 있는 것에 감사하기를

그동안 부단히도 애써왔던 마음
내려놓으면 편안해진다는 것을

인생은 원래 혼자라는 것을
스스로 살아가는 것이라는 것을

그래서 홀로 설 수 있는 법을
언젠가 알 수 있기를

저절로 얻어지는 건
없어

어떤 결실을 얻은 사람에게는
오늘의 이 값진 순간보다
그간의 말할 수 없는 고통의 순간들이
더 소중한 위안이 될지도 모른다.

저절로 얻어진 게 아니라는 걸
누구보다도 잘 알기 때문이다.

이 길로 계속해서 걷는 게 옳은 일인가, 라는
고민 앞에 펼쳐진 수많은 갈림길 사이의 선택들과
너무나도 포기하고 싶었던 순간들을 넘어

무엇보다도 그 외로움을
홀로 견뎌내야만 했을 것이다.

누구에게 이야기한다고 해서
그 고뇌가 덜어지지 않는다는 것을
이미 알고 있기 때문이다.

그렇게 빛나는 순간은
밤하늘에 떠 있는 별처럼
어둠의 시간을 홀로 견디며 온다.

인생에서 영광의 순간은
결코 그냥 오는 것이 아니다.

고요한 행복

행복이 별거니.
아무 일도 일어나지 않는 게 행복이야.

어딘가에 크게 마음 쓸 일 없는 평온한 상태.
때로 고요는 행복의 다른 말이야.

별일 없는 게 별 볼 일 없는 것 같지만
나에게 집중할 수 있는 온전한 시간이야.

누군가에게 내 마음 뺏기지 않아도 되고
오로지 나를 위해 보낼 수 있는 소중한 순간들.

살면서 이런 시간을 자주 마주할수록

내 삶의 성취감과 만족도는 높아져.

행복은 때로 소리 없이 오는 거야.

나를 살게 하는 힘

누군가의 시선을 신경 쓰느라
가슴 두근거리는 불안한 마음에 흔들리느라
끊어질 것 같은 관계를 이어보려는 숱한 고민들로
가슴 애태우며 시간을 보내기보다

내가 좋아하고, 내 마음이 즐거운 일들을 찾아
조금씩 나아지는 나를 보며
설레게 하는 일에 힘을 쏟고

지속적인 성장을 위해 다음의 단계를 고민을 하며
내일의 나를 꿈꾸며 잠드는 일만큼
나를 가슴 뛰게 하는 일도 없다.

그것이 곧 나를 웃게 하고
나를 살아가게 하는 삶의 원천이 된다.

그게 내가 꿈꾸는 행복이다.

◆ 4장 ◆

행복의 방향을
조금만 바꿔봐

행복의 방향을 나에게 맞추면

숨어 있던 행복이
보일지도 몰라.

행복의 방향을
조금만 바꿔봐

돈이 없는 건 괜찮아.

그런데 빚이 있는 건 다른 문제야.

없으면 없는 대로

주어진 만큼의 삶을 살면 돼.

하지만 가지지 않아도 되는

욕심마저 채우게 되면

그건 나를 채우는 게 아니라

그 이상의 것을 잃어버리는 일이 돼.

행복하고 싶다면
행복의 방향을 조금만 바꿔봐.

남들과 똑같이 산다고 해서
내가 보는 그들만큼 행복해지지는 않아.

그들이 행복해 보이는 건
내 결핍에 의한 착각일 뿐이야.

행복의 방향을 나에게 맞추면
숨어 있던 행복이 보일지도 몰라.

천천히 하나씩

어느 날 누군가 말했다.

이룰 수 없는 꿈만 꾸지 말고, 이룰 수 있는 작은 계획을 세워 하나씩 이루어가라고.

큰 꿈, 멋진 생각은 머릿속에만 존재할 뿐

잡을 수 없고 이룰 수 없는 허상이라고.

당장이라도 실천할 수 있는 작은 일들을 천천히 하나씩 이루어가다 보면 어느새 그것들이 작은 디딤돌이 되어 꿈을 이룰 수 있도록 성큼 다가갈 수 있게 나를 성장시킨다고.

삶의 속도는
공평해

어릴 때는 빨리 나이 들기를 바랐다.

초등학생 시절에는 중학생이 되고 싶었고, 중학생 시절에는 고등학생이 되고 싶었다. 그런데 고등학교 때부터는 그런 생각이 들지 않았다.

내 앞에 닥친 문제들을 하나씩 해결하면서 앞으로의 더 나은 삶에 대해 고민하고, 어떤 선택을 해야 하는지에 골몰하느라 정신이 없었다. 고비 하나를 넘기면 또 다른 고비가 나타났다.

흔히들 나이를 먹을수록 삶의 속도가 빨라진다고 하지만 실제로는 그렇지 않다. 누구에게는 시간이 느리고 누구에게는 시간이 빠르게 흘러가는 것이 아니다. 시간은 공평하다.

삶을 어떻게 바라보고 대하는지 그 태도에 따라 다르게 느껴질 뿐이다.

누구나 나이를 먹는 게 갑자기 두려워지는 순간이 온다. 지금 가늠하는 앞으로의 10년이 예전에 가늠했던 10년과는 완전히 다르다는 것을 아는 순간이다.

하지만 두려워 할 필요가 없다.

그제야 우리 삶은 정점을 넘고 있는 것이다.

힘겹게 올라왔던 산을 이제 조심스럽게 내려가야 한다. 올라 갈 때는 힘에 부쳐 빨리 정상에 오르고 싶다는 생각에 시간이 느리게 느껴지지만, 정상에서는 세상을 다 가진 것 같은 기쁨을 만끽할 수 있다.

하지만 그 기쁨은 잠시뿐이다. 발아래 펼쳐진 풍경들을 바라보며, 그동안 내가 힘겹게 올라왔던 곳을 해가 지기 전에 조심스럽게 내려가야 한다.

올라올 때는 보지 못했던 수많은 존재들을 뒤늦게 알아차리며 잠시 환희에 젖기도 하지만 발걸음은 마음과 다르게 속도를 내기도 한다.

삶의 속도는 누구에게나 공평하다.
내 마음가짐에 따라 달라질 뿐이다.

정상을 향해 올라갈 때의 힘겨움도,
정점을 찍고 내려올 때의 가뿐함도
내 마음의 태도일 뿐이다.

그러니 아직 힘들다고 해서
절대 포기하지 마라.

삶이 더욱 힘들어질수록,
정상이 코앞이라는 뜻일 테니.

평생 마음을
맞대면서 산다

작은 고양이 한 마리가 조용히 다가와 앞발을 가지런히 세우고는 가만히 나를 바라본다. 밥이 없거나 내 손길이 필요하거나 무언가 용건이 있을 때면 찾아와서 말을 건다.

처음에는 왜 자꾸 부르는지 알지 못했다. 시도 때도 없이 내 곁을 찾는데 그 타이밍이 늘 기가 막히게도 일에 집중하고 있을 때였다.

그 후로는 고양이에게 무언가 부족하기 전에 내가 먼저 챙겨주고, 오며 가며 틈이 날 때마다 교감의 시간을 가졌다. 자연스레 고양이가 먼저 나를 찾는 일이 줄었다. 그럼에도 꼭 하루에 한 번은 나를 불러 거실로 안내

한다. 발라당 누워 배를 보이며 애교를 부리다 내 발치에 조용히 자리를 잡고 잠이 든다. 그러다 내가 자리를 뜨면 자기도 일어나 다시 제자리로 가 눕는다. 그래서 요즘은 그 타이밍이 되면 최대한 소파에 오래 앉아 있을 생각을 하고 고양이가 충분히 내 곁에서 시간을 보낼 수 있게 준비를 한다.

나이가 들면 고양이도 혼자서 시간을 보내고 조금씩 자립한다던데 이 아이는 아직 어려서 사랑이 더 필요한 건가 궁금해졌다가도 문득 어쩌면 애정은 평생에 걸쳐 필요한 것이 아닐까 생각했다.

애정 결핍은 보통 어린 시절 의존의 대상인 부모에게 충분한 관심과 사랑을 받지 못하면서 생긴다고 하는데, 사람마다 정도의 차이가 있을 뿐 나이와 대상에 관계없이 우리는 늘 누군가와 서로의 빈 마음들을 채우며 살고 있다.

내가 고양이를 키우는 행위를, 그저 한 동물에게 밥을 주고 안전하고 행복하게 살아갈 수 있도록 돌보는 일이라고 단편적으로 생각할 수도 있다. 하지만 그 행위가 결국은 누구를 위한 것인지를 생각해보면, 그 또한 나의 행복을 위한 것이다. 그러니 기꺼이 부지런하게 고양이를 위해 움직일 수 있다.

늘 내 곁에서 애정을 갈구하는 모습에 나 또한 마음 한구석의 결핍된 애정을 채우며 때로는 깊은 위로를 받고 따뜻한 위안을 얻는다.

사람이 사람을 사랑하는 행위도 다르지 않다.

결국 우리는 모두 스스로 채울 수 없는 마음의 결핍을 채우려, 나와 맞는 관계를 찾아 마음을 맞대는 과정을 통해 더 나은 삶을 살아가는 방법을 알아가고 있는 것이다.

그렇기에 우리는 평생을 사랑하며 산다.

평생 마음을 맞대면서 산다.

우리는 평생을 사랑하며 산다.

평생 마음을 맞대면서 산다.

힘겨운 당신을 위한
작은 조언

어느 날 갑자기 사는 게 힘겹다고 느껴진다면
무엇이 나를 불안하게 만드는 지 노트에 적어봐.

그리고 그 불안 요소들을
어떻게 하면 없앨 수 있는지 정리해보고
우선순위를 정해 하나씩 실행에 옮겨보는 거야.

그중에 내가 당장 어찌할 수 없는 일들은
어쩔 수 없는 일이니 일단 내버려둬.

그리고 산책하며 생각해봐.

나만의 안식처를 찾아가봐.

그렇게 노트에 가득 담아두고

바람을 맞으며 잠깐 걷다 보면

방법을 모르겠던 일들이 전부 해결되지는 않아도

조금은 마음이 편해질 거야.

힘겨운 마음이 조금은 나아질 거야.

가까이서 사랑하고
멀리서 바라보는 마음

   코로나로 인해 집안에 머무는 날이 많아졌다. 집 앞 마트에라도 나가면 바람도 쐬고 짧은 운동도 되겠지만 혹시나 하는 마음에 발이 떨어지지 않는다. 다행히도 세상이 좋아져서 밖에 나가지 않고 크고 무거운 노트북을 꺼낼 필요도 없이 작은 휴대폰 화면으로 많은 것들을 즉시 해결할 수 있다.

   그런 요즘, 커피를 준비하거나 설거지를 하면서 마주하는 주방 창밖의 풍경이 내 마음을 달랜다. 탁 트인 하늘과 푸른 바다. 섬으로 떠나와 살면서 얻은 선물 중 하나다. 그러다 문득 창문 너머로 보이는 풍경을 언제까지 이렇게 멀리서 지켜봐야 하는지 싶어 무력해졌다.

나는 저 풍경을 사랑하는가.

단지 조금 더 가까이서 느끼고 싶었다.

하지만 그 풍경은

이곳에 머물러 있을 때 온전히 느낄 수 있다.

너무 가까워지면 그 나름의 또 다른 풍경을 볼 수 있겠지만, 내 마음을 움직였던 처음의 그 아름다움은 아닐 것이다.

가까이 가고 싶지만 가지 못한 채 멀리서 바라보는 마음은 애달프지만, 무조건 거리를 좁힌다고 해서 원하는 만큼의 무언가를 꼭 얻을 수 있는 게 아니라는 걸 이제는 안다.

가까이해야 할 것과 멀리서 바라봐야 할 것을 잘 구분하며 살아야 불필요한 감정의 지출을 줄일 수 있다.

사람을
잃고 싶지 않다면

사랑하는 사람과 헤어지지 않고 오랫동안 관계를 유지하려면 어떻게 해야 하는지를 묻는 사람들이 있다. 그 질문을 곱씹어보니, 질문이 잘못된 것 같다는 생각이 들었다.

누군가를 만난다는 것은 그 관계를 오랫동안 유지하는 게 목적이 아니기 때문이다.

서로를 위해 최소한의 예의와 배려를 하며 내가 감당할 수 있는 선에서 관계를 조율하는 노력은 당연히 하겠지만 그 범위를 벗어난다면 어쩔 수 없는 일이다.

한번 맺어진 관계를 억지로 오랫동안 유지하는 것보

다 때로는 홀로 시간을 보내며 자신과 많은 대화를 하고 스스로와의 좋은 관계를 유지하는 게 더 중요하다.

그래야 누군가를 선택하고 좋은 관계를 만들어가는 데 집착하지 않을 수 있다.

나와의 관계가 좋아야, 다른 관계도 지킬 수 있다.

꿈으로
한걸음 더

너무 멀리 있어 보이지 않는 꿈을 향해
어디로 가야 하는지 어떻게 갈 수 있는지
언제쯤 다다를 수 있을지 몰라 방황하기보다

짧은 기간 내에 확인할 수 있는 작은 목표를
하나씩 이루어가며 다음을 계획하고
할 수 있다는 마음으로 한 걸음씩 걸어가기.

너무 큰 욕심으로 버거워하며 지치지 말고
작은 일들을 조금씩 쌓고 모아 만들어가기.

당신이 나를
사랑하는 이유

　사랑받는 것은 늘 익숙하지 않다.

　나를 왜 좋아하냐는 물음에 외모가 맘에 들어서라
는 믿을 수 없는 대답이 돌아왔다. 그게 무슨 말이냐며
진짜 답을 따져 물었다. 그런 내 모습에 그녀는 오히려
나를 이해할 수 없다는 표정으로 '내 눈에 예쁘면 그게
내 스타일이고 내 마음'인 거라며 담담하게 답했다. 이
런 이야기를 들은 주변 사람들은 기가 막힌다는 반응
이었다. 내 스스로도 당황스러운데 다른 사람들은 오
죽했을까.

　그리고 그녀는 내가 재잘재잘 말이 많아서 좋다고
했다. 나이가 들어가면서 말이 없어지는 사람들이 많

은데 그러면 그 삶이 얼마나 적막하겠냐고. 이전 같지 않은 마음과 새로울 것이 점점 없어지는 건조한 삶 속에서 나와 가장 오래 시간을 보내야 할, 내가 사랑하는 사람이 말이 없는 사람이면 얼마나 답답하겠냐고.

무슨 일이 있었는지 오늘 먹은 음식은 어땠는지 그렇게 소소한 하루의 일상을 듣다 보면 어떤 생각을 하며 어떤 감정으로 하루를 보냈는지 알 수 있어서 좋다고 했다. 그런 이야기들이 자신을 안정시켜주어 좋다고 했다. 가끔은 너무 장난스럽기도 해서 견디기 힘들 때도 있지만 그런 솔직한 모습들이 자기는 귀엽고 즐겁기만 하다고.

그래서 이렇게 손을 잡고 나란히
오랫동안 함께 걸었으면 좋겠다고.

다정하게. 지금처럼.

남은 인생의
가장 젊은 날

어쩌면
나이에 대해 의식하지 않으며 산다는 건
나이를 먹어간다는 사실을
애써 외면하려는 노력일지도 모르겠다.

가끔 누군가 나이를 물어올 때면
현실을 자각하게 되지만

뭐 어떤가.
오늘은
얼마일지 모르는 내 남은 인생에서
가장 젊은 날이 아닌가.

굳이 날을 세며

그것에 의미를 부여한다는 건

소모적인 일이다.

아침의 싱그러운 공기를 마시며

오후의 따사로운 햇살을 느끼며

오늘을 뜨겁게 보냈냐고 묻는 것 같은

붉은 노을을 벗 삼아

하루를 잠시 돌아볼 뿐이다.

아직 마음 한편에 묻어둔

이루지 못한 작은 소망들이

밤하늘 별처럼 반짝이고 있다.

받은 만큼
돌려줄 필요는 없어

나에게 관심 없는 사람에게
관심 가질 필요가 없고

나를 사랑하지 않는 사람을
사랑할 필요가 없고

나에게 최선을 다하지 않는 사람에게
나 역시 최선을 다할 필요가 없지만

나를 싫어한다고
굳이 싫어하지 않아도 되고

나를 욕한다고
똑같이 욕하지 않아도 된다.

나에게 주지 않는 만큼
나도 주지 않으면 되고

나를 나쁘게 대하면
안 보면 그만이다.

받은 만큼 돌려줄 필요는 없다.

마음이
좋아 보이게

건강한 몸을 만들기 위해 운동을 하거나
예쁘게 보이기 위해 화장을 한 것도 아닌데
얼굴이 좋아졌다는 말을 들을 때가 있다.

무슨 좋은 일이라도 있냐고 묻지만
삶에 커다란 변화가 일어난 것은 아니다.
비슷한 일상을 살고 있는 것 같지만
마음이 그만큼 편안해졌다는 말일 것이다.

근심은 아무리 감추려고 해도 나타나고
삶의 평안함은 드러내지 않아도 나타난다.
사람들은 내 안색을 보며 잘도 알아챈다.

이렇듯 보이지 않는 마음의 건강 상태는
자연스럽게 지금의 나를 나타낸다.

그래서 화려한 겉치장에 신경 쓰기보다는
언제나 내면의 상태를 가꾸는 데 집중해야 한다.
내면의 모습이 곧 외면의 내가 된다.

새벽을 기다리지 않고
새벽을 깨웠다

삶이 소란스러울 때는 일찍 잠자리에 들어 충분히 원하는 만큼 자고 다음 날 이른 하루를 시작한다.

어스름한 새벽 아침. 아직은 모두가 잠들어 있는 고요한 시간. 차가운 공기에 몸을 일으켜 따뜻한 물로 샤워를 하고 지하철에서 못다 잔 잠을 마저 자면서 빵집에 들러 갓 나온 페스추리와 따뜻한 커피를 사서 회사로 향한다.

아무도 없는 사무실에 문을 열고 들어가 불을 켜고 컴퓨터를 켠다. 오늘 할 일들을 체크하고 준비하다 보면 시간이 금세 흘렀다. 고요한 그 시간이 너무 소중해서 제발 아무도 출근하지 않았으면 좋겠다는 생각도 한다. 이렇게 하루를 시작하면 그날의 서류 작업은 업무 시간 전에 정리가 된다. 오전부터 시작 되는 회의와 미팅으로 하루가 정신없이 흘러가지만 조금 더 여유 있게 일과를 마칠 수 있다.

늦은 밤까지 야근이나 철야를 하는 날들도 많았지만 가끔 일이 잘 풀리지 않거나 중요한 일정이 있는 날이면 나는 늘 충분히 잠을 자고 첫 차에 몸을 실었다.

새벽을 기다리지 않고 새벽을 깨웠다.

섬 하나
믿음 하나

안개 사이로 저 멀리

외로운 섬 하나가

머리를 빼꼼 내밀고 솟아 있다.

지금 내 눈에는

저 안의 것들이 감춰져

보이지 않지만

나 역시도 그곳에서

보이지 않을 것이다.

하지만

잠시 가려져 있을 뿐이지

우리는 모두 살아서
서로를 바라보고 있다.

곧 안개가 걷히고
다시 마주할 때가 온다는 것을 안다.

그래서 걱정하지 않고
지금을 살아갈 수 있다.

두 눈에는 보이지 않지만
내 마음으로 보이는
작은 믿음 하나가
그곳에 있다.

내 삶의 기준

어릴 때는 빨리 어른이 되고 싶었다. 어른만 되면 무엇이든 해낼 수 있을 거라고 믿었다. 어른이 되면 고민도 없어지고 가지고 싶은 많은 것들이 저절로 충족될 거라 상상했다. 그 뒤에 따르는 노력과 고통의 크기가 얼만큼인지 그때는 알 수 없었다.

시간이 지나면서 어른이 된다는 것에 큰 의미를 두지 않고 살았는데, 어떤 사람들은 어른을 이러쿵저러쿵 정의하며 마치 어른이 되려면 어떤 자격 기준이 있는 것처럼 말하곤 한다.

어른.

그것은 단순히 성인이 된 나이를 말하지 않는다. 흘러가는 세월이야 내 힘으로 어떻게 할 수 없는 것이지만 찰나의 순간들이 모여 지금의 나를 만들어가고 있다. 나 역시 현재 내 모습으로 고착화되지 않기 위해 아등바등 애쓰며 산다.

　그러니 어른이라는 단어에 큰 의미를 둘 필요가 없다. 어차피 인간은 죽어서도 제대로 된 어른이 되지는 못한다.

　산다는 건 나만의 색채를 가진 인격체를 만들어가는 과정일 뿐이다. 훌륭한 인격체라는 것에 대한 정답은 없다. 또한 완성의 끝이 있는 것도 아니다.

　살아가면서 다양한 선택과 경험을 통해 마주하는 것들과의 교감 속에서 조화롭게 균형을 잡기 위해 나를 잃지 않는 과정의 연속일 뿐이다.

그럴듯한 어른이 되기보다는

스스로 만족할 수 있는 괜찮은 삶,

적어도 나에게 부끄럽지 않은 사람이 되기 위해 산다.

내 삶의 기준은 내가 만드는 것이다.

옷에 대한 예의,
나에 대한 예의

"왜 맨날 그 옷만 입어? 이번에 산 옷 있잖아."

"새 옷이라 아껴 입으려고."

"그것도 비싼 거라 아껴두고 특별한 날만 입으려고? 몇 해 전에 산 코트도 아껴두기만 하고 몇 번 입었지?"

"두 번…"

"앞으로 살면서 몇 번이나 더 입을 거 같아? 작년에는 아낀다고 한 번도 안 입었잖아."

"그래도 좋은 옷이니까 유행도 안 타고 십 년은 입을 거 같은데…"

"아니, 그렇게 아껴 입으면 십 년이 지나도 열 번도 못 입어. 시간이 지나면 옷 스타일도 바뀌고 내 몸도 변하고 마음도 변해.

비싼 옷이라고 옷장에 넣어두면 정말 비싼 값을 치르게 되는 거야. 옷값을 내가 입은 횟수로 나눠봐. 그럼 내가 한 번 입을 때 얼마를 지불하는지 대략 계산이 되잖아.

많이 입어서 몸에 익고 옷이 편해져야 제값을 하는 거야. 뭐든 아껴두면 결국 집밖에 안 돼. 버리지도 못하는 쓰레기가 된다고.

좋은 옷은 나 좋으라고 기분 좋게 입으려고 산 건데 옷이 상할까 봐 걱정하면서 방치하는 건 옷에 대한 예의가 아니야. 그건 나에 대한 예의가 아니기도 하고."

나로 인해
웃는 사람

꾸미지 않은

있는 그대로의 편안한 모습을

거리낌 없이 보여주는 사람에게서

다정함을 느낀다.

가끔은 내가 우습냐고

장난스레 정색하며 물어도

이내 나를 힘껏 안아주며

내가 최고라고 해준다.

말하지 않아도

무언가를 함께 하지 않아도

무슨 생각을 할까
불안해하거나 걱정하지 않는다.

그냥 곁에서 미소 짓는 모습에
지금 행복하구나 하고 느낀다.

살면서 이보다 더 기쁜 일이 있을까.

내 곁에 있는 사람이 나로 인해 웃고 있다.
나로 인해 웃는 사람 덕분에
나도 행복을 배운다.

사라져버리는
찰나

담고 싶고 간직하고픈 순간이 있다.

영원히 간직하고 싶은 마음에

사진으로 남기려는 찰나, 그 모습은 사라지고 만다.

그래서 늘 아쉽다.

다시 기다린다고 해도

똑같은 순간은 다시 오지 않는다.

기다려서 그 순간을 프레임에 담았다 하더라도

순간의 짜릿함으로 남을 뿐

대상에 대한 온전한 느낌은 퇴색된다.

순수하게 아름다움을 바라볼 것인가.

영원히 담기 위해 카메라를 들고 기다릴 것인가.

지금의 시간을 온전히 느끼고 싶은 마음은

지금의 순간을 기록하고 싶은 마음과 충돌한다.

그르고 옳은 건 없다.

어디에 무게를 두는가의 차이다.

마음에 담아 오래오래 떠올리는 일도

사진에 담아 오래오래 보고 또 보는 일도

모두 다 옳다.

잔파동을
그리며 움직이는 삶

누구나 인생의 그래프는 직선일 수 없다.
상승이든 하향이든 곡선을 그리며 움직인다.

올라간다고 계속 오르기만 하지 않고
내려간다고 계속 내려만 가지 않는다.

당장 눈앞에 보이는 작은 순간만 보면
높이 있는 것 같지만 바닥일 수 있고
바닥인 것 같지만 인생의 최정점일 수 있다.

그래서 어떤 사람을 볼 때
짧은 시간 동안 일부분만 보고 판단하지 않아야 한다.

내 삶도 마찬가지다.

넓게, 더 멀리 보아야 한다.

잘되는 것 같아도 거기가 천장일 수 있고

올라갈 수 없다고 생각하지만

잠시 구름에 가려진 것뿐, 한참을 더 올라갈 수도 있다.

그러니 인생을 낙관하거나 낙담하지 말자.

언제나 잔파동을 그리며 움직이는 것이 삶이니까.

단지 그 방향이 위인지 아래인지는

내가 내 삶을 대하는 태도에 달렸다.

넓게, 더 멀리 바라보아야 한다.

아픔을
함부로 털어놓지 마

내 아픈 부분을 누군가에게 터놓는 건
그만큼 상대방을 믿기 때문이었을 것이다.
하지만 내가 털어놓은 것은 비밀도 아니고
강요에 의한 자백도 아니다.

오롯이 내가 원해서 털어놓은
마음일 뿐이다.

그런 상대가
나의 여물지 않은 상처를
약점 삼아 말하는 건
정말이지 너무나 아프다.

누구에게나 아픔은 있다.

하지만 입 밖으로 나오는 순간

그 아픔은 더 이상 비밀이 아니다.

한번 내 보인 마음은

절대로 다시 비밀이 될 수 없다.

그러니 함부로 누군가에게

나의 아픈 마음을 들려주지 말 것.

내 아픈 이야기는

털어놓지 않아야만 여전히 내 마음 안에 있다.

누군가 알게되는 순간

그것은 모두가 알 수도 있는 이야기가 된다.

목적지를
설정하셨습니까

생각 없이

아무데나

함부로

나를 내던지지 않아야 한다.

무엇 하나 얻어 걸리면 좋겠다는 마음은

원하는 대로 이루어지지 않는다.

목적지가 없는 사람은

방향을 잃기 때문이다.

추락하는 나를

누군가가 잡아줄 거라 생각하지 말고,

내가 나를

절망 속으로 밀어 넣지 않아야 한다.

상처받지 않을
용기

누군가를 미워하거나 험담하는 일은
세상에서 가장 쉬우면서도 가장 못난 일.

결국 상처받는 건
그 사람이 아니라 나다.

누군가를 용서하는 일은
내 가슴에 꽂힌 칼을
스스로 빼내는 것만큼 어렵지만

그렇게 마음에 맺힌
쓸모없는 무거운 돌덩이를 걷어내면

결국 웃을 수 있는 사람은 나다.

그러니
미워하지 말고 탓하지 말고
나를 위해 떠나라.

내 마음을 옭아매는 것들로부터.

누군가를 미워하지 않을 용기를
상처받지 않을 용기를
당신에게 주고 싶다.

혼자 산책하는 이유

혼자서 산책을 하는 이유는
내가 원하는 만큼
속도와 거리를 조절할 수 있기 때문이다.

누구에게도 간섭받지 않으며
누군가를 신경 쓰지 않아도 되고

오롯이 혼자가 될 수 있다.

혼자가 되는 것이 두렵다면
밖으로 나가 산책을 권한다.

혼자 산책을 나서면

마음이 편안해지고 머리도 가벼워진다.

몸과 마음이 건강해진다.

무엇보다 혼자 보내는 시간이
얼마나 귀하고 행복한지 알게 된다.
나와 대화하는 시간이 소중해진다.

모든 것이
분명해지는 순간

오늘 해야 할 일을 미루다 보면
하지 않아도 될 근심과 걱정이 생긴다.

밤새 고민하다 충분한 잠을 자지 못하고
피곤해진 몸은 또다시 내일로 일을 미루기 쉽다.

하지만 열정으로 하루를 보내고 나면
밤새 애태우며 우울해하지 않아도 된다.

수고한 나를 다독거리며 깊은 잠이 든다.
그렇게 리듬을 타면 삶에 잡념이 사라진다.

나에게 더 집중할 수 있는 여유가 생기고
지금 해야 할 일이 무엇인지 분명해진다.

어떤 일이든 망설이거나 미루지 않아야
조금씩 앞으로 나아가는 나를 만날 수 있다.

너에게만
솔직한 이유

다가가면 멀어지고

조급하면 오지 않고

강요하면 싫어지고

위장하면 들통 난다.

솔직해야 스며든다.

고통 뒤에 남은 것들

삶이 고통스러운 순간에 생각했다.
왜 이런 시간이 내게 왔을까.

답은 언제나 같았다.

내가 잘못된 선택을 했거나 너무 자만했기에
이렇게 놔두었다가는 더 큰일이 생길지도 몰라서
잠깐 휴식 시간을 준 게 아닐까.

삶은 언제나 리듬을 타고 움직이는 것처럼
벼랑의 끝이 어디인지 알 수는 없지만

골이 깊을수록 더 높은 산이 기다리고 있다고
그 말을 애써 믿으며 나를 돌아봤다.

언제나 원하는 만큼의 결과를 주지는 않았지만
길었던 고난의 시간 뒤에는
부족하지 않을 정도로 다시 마음이 채워졌다.

그래서 이제는 힘든 순간이 와도 두려워하지 않는다.
좌절하며 손을 놓지만 않는다면
반드시 희망의 날이 온다는 것을 알기 때문이다.

내 삶은 내가 하기 나름이다.

슬픈 기억은 사라지고
좋은 기억만 남아

오늘 문득 당신 생각이 났다.

아팠던, 그래서 소란스러웠던

순간의 기억도 고통도 남아 있지 않은 걸 보니

이제는 정말 괜찮아졌다고 말할 수 있겠어.

문득 내가 생각날 때면

당신의 마음이 어지러워지진 않을지

걱정스러울 때도 있었지만

기분 좋은 웃음으로

나를 스치듯 떠올려주기를 바랐던 날이 있었어.

이젠 각자의 삶에 익숙해지고

흘러간 시간 속에 희미해져서

어느 것도 기억나지 않는 날이 오겠지만

괜찮아.

슬픈 기억은 사라지고

좋은 기억만 남아 있으니.

나 역시 당신을

나를 스쳐간 작은 추억으로 간직할 테니.

엉킨 인연들을
풀어야 할 때

한때는 수없이 많은 인연들에 엉켜 살았다. 챙겨야 하는 게 많을수록 나눠야 하는 것도 많아졌다. 그건 꼭 물질적인 것뿐만이 아니었다. 중요한 것은 시간과 그것에 비례하는 마음이다.

어떤 모임이든지 항상 바쁜 친구가 있었다. 일을 하거나 무언가를 배우느라 시간을 빼기 어려운 게 아니라 늘 동시에 여러 개의 모임에 참석한다. 그거야 그 사람의 방식이니 간섭할 일은 아니었지만 그렇게 얇게 이어진 연이 어떤 의미가 있을까 궁금했다.

하루가 멀다 하고 사람들과 만나던 시절, 텅 빈 통

장을 보고 도대체 돈이 다 어디로 갔는지 궁금하여 사용 내역을 챙겨 보다 깜짝 놀랐다. 몇 달간 어디로 새는지 모르게 쓴 돈이 거의 1년 동안 벌어야 하는 돈만큼 되었다. 그제야 정신을 차렸다. 도대체 이들과의 관계가 나에게 어떤 의미가 있는지를 현실적으로 고민하게 된 것이다. 그렇게 인연은 정리됐다. 언제나 마음의 일방통행은 의미가 없다.

단 하나의 인연이라 해도 탄탄해야 한다.

서로가 믿고 적당한 힘을 주어 당겨줘야 그 인연은 해지지도 않고 끊어지지 않은 채 나를 지켜준다.

오히려 너무 많은 인연은 실처럼 엉켜 내 목을 조인다.

내게 안부를 묻고
나를 소중히 생각하는 사람과
마음을 나누며 살아야 한다.

어깨를
내어주고 싶다면

힘들 때마다 누군가에게
위로받으려는 마음과 의지하려는 습관은
주변 사람들을 지치게 한다.

정말 괴로운 순간에
곁에 아무도 없게 된다.

문제는 내가 알고 있으니
원인을 파악하고 풀어나가는 것 또한
나의 몫이다.
치유도 나만이 할 수 있다.

그렇게 고통의 순간을
온몸으로 부딪히고 깨우쳐야
스스로 성장할 수 있다.

홀로 선 단단한 내가 되어야
누군가 기대어 쉴 수 있는
어깨를 잠시 내어줄 수 있다.

시절인연

인연에 연연하던 때가 있었다.
한번 맺은 관계는 오래가길 바랐다.
하지만 이젠 그 마음이
부질없는 미련이었음을 안다.

눈물 나게 함께 웃던 순간도
바랄 것 없이 서로를 위해주던 순수도
때론 여러 이유로 어긋났던 감정도

그냥 그때의 서로가
살아가기 위해 함께 보내야 했던
찰나의 시간이었을 뿐이다.

돌아서서 잊힌 사람도 있고
가끔 생각나는 사람도 있지만

정이 무섭다는 말이
어떤 뜻인지를 알아가게 되면서
인연에 연연하지 않기로 했다.

오늘의 나에 따라 달라지는
지금의 시절인연일 뿐이다.

가끔은
손절할 용기를

내 판단이 잘못됐다.

이건, 틀린 길이다.

우리는 시간을 되돌릴 수는 없지만 상황이 더 나빠지는 것은 막을 수 있다.

그러기 위해서는 내 판단이 틀렸다는 것을 인정해야만 한다. 그래야 손절을 할 수 있기 때문이다.

하지만 우리는 스스로 선택했던 믿음을 쉽게 저버리기 어렵다. 내 생각이 잘못되었다는 것을 인정하는 데에서 오는 상처가 크기 때문이다. 그래서 자꾸만 잘못된 선택에 대해 의문 부호를 던져 면죄부를 주게 되고, 그러는 와중에 나에게 타격을 주는 손해는 커져가고,

나중에는 감당할 수 없어 결국 나를 무너뜨린다. 여기서 가장 큰 문제는 내 의지와 관계없이 내가 넘어지게 되면 다시 일어나기가 쉽지 않다는 것이다. 내가 예상할 수 있는 범위를 이미 벗어났기 때문이다.

노력해서 되는 것과 지금이라도 놓아야 할 것들 사이에서 우리는 항상 고민에 빠진다. 가끔은 미련스럽게 붙들고 있는 사람보다 포기가 빠른 사람이 더 마음 편한 경우가 많다.

그게 무엇이든지 간에 맹신하지 말아야 한다. 언제든 다른 기회는 또 오고 그게 내 것이라면 자연스럽게 내 것이 되고 아니라면 아무리 노력해도 멀어지게 된다. 세상에 무조건이라는 건 없다. 항상 서로의 조건이 적절히 맞았을 때 함께 할 수 있는 것이다.

미련 떤다고 해서 안 될 일이 될 일이 되지 않는다.

손절은 빠를수록 좋다.

나를 돌아봐,
지금의 나를

상대를 겪어보지 않고

보이는 대로 판단하지 마.

눈치가 없으면 속기 쉽지만

보이는 게 다가 아니야.

과거의 모습을 떠올리며

지금의 그와 비교하지 말고

현재의 모습을 보며

내 멋대로 남의 미래를 단정 짓지 마.

누구나 잘될 수도 있고

언제든 곤경에 빠질 수도 있어.

그 사람이 어떻게 변하든
어떤 삶을 살게 되든
그건 그 사람의 몫일 뿐이야.

이러쿵저러쿵 참견할 시간에
거울에 비친 내 모습을 바라봐.

계속해서 변하지 않고
지금의 삶을 살아갈 것인지,
나는 어떻게 될 것 같은지.

기다리지 않아도
찾아오는 행복이 있어

생각한 대로, 알고 있는 대로 살아지지 않는다.

세상도 내가 원하는 대로만 흘러가지 않는다.

비록 그렇다 하더라도

살아가려는 노력을 멈추어서는 안 된다.

인간의 욕심은 끝이 없기에

영원히 원하는 점에 다다를 수 없을지도 모른다.

하지만 조금씩 내려놓고 비움으로 인해

상처와 거리를 두고 행복에 가까워질 수 있다.

그렇게 균형을 맞추며 살아갈 뿐이다.

원하는 것이 작을수록

그것을 이루었을 때

행복은 크게 느껴진다.

멀리 있지 않고 가까이에 있는 행복은

애타게 찾거나 기다리지 않아도 자주 찾아온다.

행복하지 않다면

작은 것에 감사하는 연습을 하자.

행복은 언제나 긍정에서 온다.

나로서 충분히 괜찮은 사람

ⓒ 김재식, 2022

초판 1쇄 발행 2022년 5월 10일
초판 8쇄 발행 2024년 8월 14일

지은이 김재식
편집 한나비 **디자인** 빠라빠라밀 스튜디오
표지 및 본문 일러스트 임수현(@suhyun_illust)
콘텐츠 그룹 정다움 이가람 박서영 이가영 전연교 정다솔 문혜진 기소미

펴낸이 전승환
펴낸곳 책읽어주는남자
신고번호 제2021-000003호
이메일 book_romance@naver.com

ISBN 979-11-91891-06-6 03810